Hannah Pauly

Hexensabbat

Hannah Pauly

Hexensabbat

Boshafte Geschichten für wehrhafte
Frauen und standhafte Männer

edition ||| solitär

Hannah Pauly, Sozialwissenschaftlerin und inzwischen Angehörige der Spezies »Single über 50«, lebt und arbeitet seit über 30 Jahren im Saarland. Seit sie nicht nur ihren letzten Partner, sondern auch die fruchtbaren Tage hinter sich gelassen hat, beschäftigt sie sich spielerisch mit der Frage, was Frauen jenseits der Menopause noch vom Leben zu erwarten haben und wozu sie Männer brauchen.

Vor einigen Jahren hat sie angefangen, ihre theoretischen Überlegungen und praktischen Erkenntnisse aufzuschreiben. Herausgekommen ist eine tagebuchähnliche Sammlung von boshaften Geschichten, die jede Frau vor ihrem 60. Lebensjahr gelesen haben sollte. Aber auch reifere Männer mit gesundem Selbstbewusstsein könnten bei der Lektüre etwas zu lachen haben ...

Die Akteurinnen

Hannah
... sucht immer noch ein nettes Äffchen.

Karin
... sucht Männer zum Schnäppchenpreis und die End-Lösung für ihren Ex.

Christel
... sucht Gardinen und, wenn überhaupt, einen Mann zum Küssen.

Irmtraud
... sucht schon lange keinen Mann mehr.

Barbara
... sucht leider auch keinen Mann mehr, aber Hilfe für gestrandete Frauen.

Margit
... sucht nur schöne Männer.

Ulla, Heidrun, Renate, Gisela, Manuela und Corinne
... suchen in diesem Buch gar nichts.

*Ich danke allen, die am Zustandekommen
dieses Buches beteiligt waren
und mir trotzdem noch in Freundschaft
verbunden sind.*

Ähnlichkeiten mit lebenden oder toten Personen sind nicht beabsichtigt und somit rein zufällig.

Ich brauch Tapetenwechsel ...

Juni 2005

»Irgendwas muss passieren. Im Moment stinkt mir alles. Das kann so nicht weitergehen ...« Verdrießlich rühre ich in meinem Sahnekakao und versuche die Schaumbäche aufzufangen, die sich einen Weg über den Tassenrand bahnen. Ich habe Mittagspause und sitze mit Christel in einem der beiden gastronomischen Glaskästen, die seit einigen Jahren die Fußgängerzone in der Saarbrücker Innenstadt verunstalten.

Meine sogenannte beste Freundin blickt mich mit ihren blauen Augen milde an. Mitleid, wenn es um individuelle Befindlichkeiten geht, ist nicht ihr Ding. Dazu hat sie selber zu viel, womit sie klarkommen muss. »Am Sommeranfang ist das wahrlich kein gutes Zeichen!«, füge ich frustriert hinzu.

»Stimmt. Wenn es Spätherbst wäre, würde ich sagen, typische Anzeichen einer beginnenden Winterdepression. Aber jetzt, bei dem tollen Wetter ... Du solltest dir was vornehmen und ein paar Ziele stecken!«

»Ich weiß«, stimme ich zu. »Aber mir fehlt dazu einfach der Mumm. Wie wär's, wenn du mir in den Hintern treten würdest, damit sich etwas ändert?«

Christel lacht: »Normalerweise kriegst du doch den Hintern schneller hoch als ich. Außerdem ist es ja nicht so, als wäre in den vergangenen Wochen bei dir nichts passiert.«

Da hat sie auch wieder recht. Ich habe nämlich ausgemistet in meinem Leben, jawohl. Das kommt bei mir anfallweise, ähnlich wie der Kaufrausch. Manchmal kaufe ich ewige Zeiten gar nichts, aber wenn es mich packt, ist kein überflüssiges T-Shirt vor mir sicher.

In einem ebensolchen Anfall habe ich kurz nach Ostern meine Mitarbeit im Seniorenchor aufgekündigt. Es ging nicht mehr anders. Ich hatte diese Katzenmusik à la Sister Act so satt, dass ich Magengeschwüre bekommen hätte, wenn ich versucht hätte dabeizubleiben. Einerseits tat es mir leid, denn unter den Sangesbrüdern und -schwestern war doch das eine oder andere Unikum, mit dem man etwas zu lachen hatte. Andererseits machte mich die ganze Truppe mit ihrer Selbstzufriedenheit und »Hauptsach-gudd-gess«-Mentalität zunehmend aggressiv.

Auch zu den Wanderern zieht es mich nicht mehr. Das liegt nicht nur an den drögen Gesprächen, sondern auch daran, dass mir zurzeit das Aufstehen morgens sehr schwer fällt. Und ich gehöre noch nicht zu den Leuten, die an sechs Tagen in der Woche ausschlafen können, um sonntags um 6.00 Uhr mit beiden Beinen aus dem Bett zu springen, wenn der Berg ruft.

Außerdem bin ich seit einiger Zeit extrem ungesellig. Christel ist die Einzige, die nicht darunter zu leiden hat. Mit ihr kann ich immer. Aber ansonsten geht mir im Moment so ziemlich alles und jeder auf den Sack. Die Urlaubspläne lassen auf sich warten, meine Wohnung hat das Flair der Siebzigerjahre, das Fitness-Studio so viel Anziehungskraft wie ein Friedhof – wirklich klasse!

»Nimm dir einfach was vor, was du schon länger aufgeschoben hast. Deine Wohnung zum Beispiel,« – Christel scheint Gedanken lesen zu können – »ein paar neue Bilder, endlich mal das WC renovieren lassen. An der Diele und dem Schlafzimmer mäkelst du auch schon ewig rum. Du hast doch Zeit und Geld für so was!«

»Das musst ausgerechnet du sagen«, gebe ich spöttisch zurück. »Ich kenne da eine Ruheständlerin, die vor einem Jahr umgezogen ist und noch immer keine Lampen an der Decke hat. Von Gardinen ganz zu schweigen ...«

»Es dauert eben etwas länger, wenn man einen besonderen Geschmack hat«, erklärt Christel mit versnobter Miene, während sie mit warmen Händen ihr Rotweinglas umschließt, um den Inhalt auf Körpertemperatur zu bringen. »Für deine Gesundheit könntest du auch was tun«, wechselte sie sofort wieder zu meinen Problemen. »Wie wär's mit einer Kur?«

Ich schneide eine Grimasse, denn damit hat sie einen wunden Punkt berührt. Nach jüngsten Untersuchungen ihrer Freundin und Heilpraktikerin Barbara bin ich auf dem absteigenden Ast. Ich weise ausgeprägte Anzeichen von Degeneration auf, sprich, es fehlt nur noch der Griff. Und dies mit Idealgewicht und mehr körperlicher Bewegung als vermutlich die meisten Zeitgenossen in meinem Alter. Es ist zum Weglaufen. Am schlimmsten hat mich die Diagnose »beginnende Hyperkalzämie« getroffen, auf gut Deutsch: Es rieselt der Kalk. Und das mit 54 Jahren!

»Vielleicht solltest du dir auch die Männer noch mal näher ansehen! Man darf sich von Rückschlägen nicht entmutigen lassen. Es müssen ja nicht immer diese armseligen Wichte aus der Zeitung sein. Es laufen einem doch genug Männer über den Weg!«

»So, so, es laufen einem genug Männer über den Weg! Warum hat denn dann Frau Wagner keinen, wenn einem genug über den Weg laufen, hä?«

Christel reagiert mit der üblichen Gelassenheit: »Weil Frau Wagner nicht nur bei Gardinen und Lampen einen besonderen Geschmack hat, sondern auch bei Männern«, erklärt sie würdevoll. »Frau Wagner will nicht nur einen Mann, der jünger ist als sie. Sie will auch einen Mann, den sie nicht bemuttern muss. Außerdem merkt auch Frau Wagner noch, wenn ein Mann schön ist und wenn nicht ...«

Ihre Ansprüche hauen mich immer wieder vom Hocker. Andererseits kann sie es sich leisten. Sie lebt seit über zehn Jahren allein, hat einen vollen Terminkalender und keinerlei Notstand. Zu allem Überfluss sieht sie mit ihren 69 Jahren immer noch unverschämt gut aus.

»Im Grunde ist in meinem Leben für einen Mann gar kein Platz«, sagt sie schließlich. »Und bei dir sieht es auch nicht anders aus. Du hast deinen Beruf, deinen Freundeskreis, ein ausgefülltes Freizeitprogramm. Sei mal ehrlich: Was willst du denn noch mit einem Mann?«

Schon wieder ein wunder Punkt. Was sie sagt, stimmt. Wenn man länger allein ist, richtet man sein Leben danach ein: Ein bis zwei Abende in der Woche für Sport, einen Abend für soziale Kontakte, einen Abend für Kreativität, der Samstag für das leidige Thema Haushalt, der Sonntag zur Erholung oder einen Besuch bei Freunden. Als ich noch im Chor war, war die Woche praktisch dicht. Zeitweise hätte ich genauso gut im Hotel wohnen können, dort hätte ich wenigstens nicht putzen müssen.

Dass die Herren der Schöpfung davon nicht begeistert sind, habe ich schnell gemerkt. »Ist schon was dran«, gebe ich zu. »Die ziehen nicht umsonst sofort den Schwanz ein, wenn sie merken, dass sie nicht über dich verfügen können. Außer sie sind verheiratet und suchen nur ein Plätzchen, wo sie hin und wieder die Kür außer Hause praktizieren dürfen.« Ich rümpfe die Nase. »Trotzdem bin ich der Meinung, dass es einen Mann geben müsste, dem es genauso geht wie uns. Der schon länger allein lebt und sieht, dass es auch Vorteile hat. Der aus eben diesem Grund nur einen Teil seiner Zeit mit einer Frau verbringen will.«

»Vergiss es«, meint Christel mit einer wegwerfenden Handbewegung. »Auf wie viel Kontaktanzeigen hast du in deinem Leben schon geschrieben? War da auch nur einer dabei?«

»Nein«, räume ich kleinlaut ein.

»Siehst du. Die meisten sind frisch geschieden oder verwitwet und suchen nur wieder ein Nest, wo es schön warm ist. Und wenn tatsächlich ein Junggeselle dabei ist, dann hat er jahrzehntelang im Hotel Mama gewohnt und sucht jemanden, der das Süppchen genauso kocht wie Mutti.«

»Da wäre er bei mir genau an der richtigen Adresse«, grinse ich.

»Männer, die so leben wie wir, gibt es nicht!«, kommt Christel zum Schluss. Sie nimmt einen Schluck Wein und ihr Gesicht sagt mir, dass die erreichten 22 Grad immer noch nicht nach ihrem Geschmack sind.

Ich brüte eine Weile schweigend vor mich hin, dann steht mein Entschluss fest. Ich hole einen Zettel und einen Kugelschreiber aus der Handtasche. »Man muss die Dinge mit System angehen«, kläre ich Christel auf. »Und man muss das eine tun, ohne das andere zu lassen.« Wie einer plötzlichen Eingebung folgend bringe ich einen Text zu Papier. »Demnächst ziehen wir zusammen los, Möbel kucken«, stelle ich meine Freundin vor vollendete Tatsachen. »Außerdem beobachtest du die Kunst- und Kulturszene, ich will mir Bilder ansehen. Männer beobachtest du auch, man muss auf dem Laufenden bleiben. Die Sache mit dem WC nehme ich in den Sommerferien in Angriff. Und das hier« – wedele ich ihr den Notizzettel unter die Nase – »steht demnächst in der Zeitung!«

Christel blickt mit halb geschlossenen Lidern durch den Nahsichtteil ihrer Brille und liest langsam vor: »*Männerfreundliche Single-Frau (54/162/53), mit wenig Freizeit, aber viel Humor, sucht frauenfreundlichen Herrn zwecks gemeinsamer Gestaltung dessen, was vom Tage übrig bleibt. Frustrierte Ehemänner und Gigolos zwecklos!*«

»Du bist ein hoffnungsloser Fall«, ist ihr einziger Kommentar.

Männer in Blau

Juni 2005

Seit einiger Zeit wimmelt es an meinem Arbeitsplatz nur so von attraktiven Männern. Die Heiligen Hallen werden renoviert, ein halbes Dutzend Blaumänner durchpflügt sämtliche Abteilungen, um die Elektroinstallation des Hauses zu überprüfen und den Erfordernissen des Computerzeitalters anzupassen.

Ich muss zu meiner Schande gestehen, dass ich für Handwerker schon immer eine besondere Schwäche hatte: Männer in Blau sind Männer zum Zu- und Anpacken. Für mich gibt es kaum etwas Erotischeres. Na ja, zugegeben: Die Zeiten haben sich geändert und ganz so knackig wie vor dreißig Jahren sind sie nicht mehr. Man denke zurück an die Siebzigerjahre, als noch athletische, braun gebrannte Gestalten bei glühender Sommerhitze im Graben schufteten! Welch eine Augenweide! Heute lässt das Bier für den Mann im Mann die meisten Zeitgenossen schon in jungen Jahren erschlaffen, egal wie viel sie schuften müssen, sodass sich das Hinsehen kaum mehr lohnt.

Trotzdem: Männer, die zupacken können, haben immer noch was. Und seit bei uns gehämmert und gebohrt wird, sind bezeichnenderweise die Frauen völlig aus dem Häuschen. Anfängliche Beschwerden ob der Lärmbelästigung haben sich schnell in Luft aufgelöst, denn die attraktiven Herren treiben sich nicht nur auf dem Flur herum, sondern auch in den Büroräumen. Und welche Frau träumt nicht davon, dass sich ein Mann vor ihr auf dem Boden windet ...

Auch ich schiele jeden Morgen zuerst lüstern auf die vielen Kästen, die im Flur stehen. Ein riesiges Sortiment von glänzenden Schrauben, Muttern und sonstigem Handwerkerzubehör, das keine Frau einordnen kann, lacht mich an. Ein Schmuckkästchen könnte nicht reizvoller sein. Das merkt man spätestens dann, wenn zu Hause der röhrende Hirsch von der Wand kommt und man findet nichts, womit man ihn wieder aufhängen könnte.

Aber diejenigen, die mit dieser Art von Geschmeide so gut umgehen können, haben es mir genauso angetan. Vor allem ein großer Blonder hat den unwiderstehlichen Blaumann-Charme. Er ist im richtigen Mannesalter, kompakt gebaut, hat ein freundliches Gesicht und gesunde Zähne, mit denen sich gut lachen lässt. Nun ja, die Haare sind schon etwas schütter, aber das haben die echten Blonden so an sich. Auch ist er ein bisschen anämisch und könnte vor dem Frühstück ein Glas Rote-Beete-Saft vertragen. Aber Nobody is perfect, wie es so schön heißt. Außerdem hat er Muckis, und wenn ich ihn sehe, muss ich immer an das Lied »Blonde Männer sollen schuften ...« denken. Übrigens ein wahrer Spruch, mit dem man allerdings keinen Mann ohne Not konfrontieren sollte, sonst merkt man sehr schnell, wo Humor aufhört.

Auf jeden Fall verstehen wir uns ganz gut. Ich glaube, er mag Frauen, die singen, und ich mag Männer, mit denen man ein bisschen flirten und frotzeln kann. Seit ich ihn vor einigen Tagen wimpernklimpernd um zwei Schrauben gebeten habe, weil bei mir eine locker sei – was sogar stimmt, denn ich habe beim Frühjahrsputz eine Gardinenstange aus der Wand gerissen –, schäkern wir miteinander. Und so war ich auch nicht unangenehm berührt, als es heute unmittelbar nach der Mittagspause an meine Bürotür klopfte. Ich ließ blitzschnell die Reste eines Gummiadlers verschwinden und strahlte mit dem blauen Eindringling um die Wette.

»Hallo, Madame. Ich wollte nur fragen, ob ich mich Ihnen zu Füßen werfen darf. Ich hätte da unten einiges zu erledigen.« Er deutet auf die Fußleiste unter dem Heizkörper, die mit tausend Steckdosen und diversen Anschlüssen gespickt ist.

»Tun Sie sich keinen Zwang an. Ich träume schon seit Jahrzehnten davon, dass mir ein halbes Dutzend Männer zu Füßen liegt.«

Das Lächeln verschwindet und mir wird klar, dass ich auf den zweiten Satz besser verzichtet hätte. Männer wollen für eine Frau immer einzigartig sein. Alles andere verkraftet ihr Ego nicht.

Etwas ungelenk lässt er sich zwischen Heizkörper und Schreibtisch auf dem Boden nieder. Ich verkneife es mir, ihm über die Schulter zu sehen, denn das mögen Handwerker nicht. Statt dessen klimpere ich ein bisschen auf dem Computer und summe unbewusst besagtes Lied vor mich hin. Eine Weile arbeitet er schweigend, dann blickt er plötzlich auf. Das Lächeln ist zurückgekehrt: »Jetzt weiß ich, wie das Lied heißt, das Sie summen: ›Rote Lippen soll man küssen ...‹«

Ich überlege den Bruchteil einer Sekunde, bevor ich es wage: »Kennen Sie auch den Text: ›Blonde Männer sollen schuften ...‹?« Zur Veranschaulichung singe ich die andere Version.

Er sieht mich verständnislos an. »Mir fällt dieser Text immer ein, wenn ich Sie sehe«, füge ich mit einem schelmischen Lächeln hinzu.

In dem Moment, wo bei ihm der Groschen fällt, klopft es an der Tür und eine Kollegin tritt ein. Obwohl der blonde Hüne sich eindeutig an der Kabelleiste zu schaffen macht und nicht an mir, blickt sie schuldbewusst und will sofort den Rückzug antreten.

»Bleiben Sie nur da, Frau Schneider«, sage ich betont fröhlich. »Die Tage geht es hier richtig rund, finden Sie nicht?« Ich blicke vielsagend auf den Blaumann zu meinen Füßen, der ausgerechnet in diesem Augenblick stöhnt und schwerfällig das Gewicht verlagert. Anscheinend tut ihm der Hintern weh.

Unwillkürlich muss ich an einen auf den Rücken gefallenen Maikäfer denken, der hilflos hin- und herschaukelt. So wie der Blaumann da hängt, sieht er alles andere als dynamisch aus. Wieder einmal kann ich mein Lästermaul nicht halten: »Blonde Männer müssen nicht nur schuften, sondern sehen manchmal auch schon ziemlich alt aus.«

»Danke, ich habe verstanden«, grummelt der Blonde, derweil Frau Schneider sich verpflichtet fühlt zu lachen. Ich glaube, sie hat ansonsten eine andere Art von Humor – oder zumindest einen anderen Umgang mit Männern.

»Ich hätte den Herrn höchstens auf vierzig geschätzt«, mache ich ungerührt weiter und blicke die Kollegin bedeutungsvoll an. »Aber an irgendetwas sieht man das wahre Alter doch immer, ist es nicht so?«

Damit ist Frau Schneiders Sinn für Humor endgültig aufgebraucht. »Ich komme später noch mal!« Fluchtartig verlässt sie den Raum.

Der Blonde sitzt auf dem Boden wie ein K.o.-Opfer im Ring und schmollt. Nun ja, wer mit mir flirten will, muss schon hart im Nehmen sein. Er darf aber auch austeilen, nur sind die meisten Männer – wenn sie nicht gerade zwanzig sind – dafür zu galant. Er schaukelt nach rechts und wendet sich mit einem Seufzer wieder der Fußleiste zu.

»Vielleicht sollten Sie darüber nachdenken, ob Sie nicht besser andere für sich arbeiten lassen. Wenn man in die Jahre kommt, ist es angenehmer, die Arbeit nur noch zu verteilen«, erlaube ich mir einen Tipp.

»Das ist heutzutage alles nicht mehr so einfach«, entgegnet der Maikäfer lakonisch. Aber er gibt zu, dass er schon lieber in den Saarwiesen liegen würde, als im Schweiße seines Angesichts Steckdosen zu montieren oder Kabel zu verlegen

– vor allem, wenn man dabei auf dem Fußboden herumkriechen muss.

Dem Typ fehlen die Gräten, geht es mir durch den Kopf. Genau betrachtet hat er schon eine regelrechte Vorruhestandsmentalität, wie ich sie hauptsächlich von frustrierten Staatsdienern in der Midlife-Crisis kenne. Muckis hin, Muckis her – bei dem ist der erste Lack mehr als ab!

Schließlich ist er fertig. Als er aufstehen will, spielt sich eine bühnenreife Szene ab. Er fängt an hilflos zu rudern, Arme und Beine reichen nicht aus. Eine Sekunde lang schielt er Halt suchend auf meinen prächtigen Ficus und ich fürchte das Schlimmste. Doch dann besinnt er sich eines Besseren und greift entschlossen nach dem Fensterbrett und der Schreibtischkante. Laut stöhnend zieht er sich nach oben. In der Vertikalen angekommen reibt er sich mit schmerzverzerrtem Gesicht die Steißgegend.

Andächtig sehe ich ihm zu, während vor meinem geistigen Auge das Blaumann-Image weiter bröckelt. Eine boshafte Bemerkung liegt mir auf der Zunge, doch ich schlucke sie hinunter. Christel fällt mir ein, die jedem Mann über 65 kategorisch eine Absage erteilt, weil sie keinen Pflegefall will. Ich fürchte, damit wird sie noch ganz schön auffallen ...

Liebe unter Senioren

Juli 2005

Ich kann es immer noch nicht fassen, aber Christel hat den Sprung ins kalte Wasser gewagt und auf eine Kontaktanzeige geschrieben! Noch vor Kurzem hätte ich Stein und Bein geschworen, dass dieser Zug endgültig abgefahren wäre. Zumal ich immer wieder Versuche unternommen hatte, ihr das andere Geschlecht schmackhaft zu machen – ohne Erfolg. Und auf einmal das!

Sicher, vor einiger Zeit hatte sie mir am Telefon ein paar Angebote von rüstigen Rentnern vorgelesen und gefragt, ob sie darauf antworten solle. Ich hatte ihr zugeraten, obwohl ich keine Sekunde lang daran geglaubt habe, dass sie meinem Rat folgen würde. Aber sie war schon immer für Überraschungen gut.

Und jetzt ist Jakob in ihr Leben getreten! Den Namen findet sie nicht so toll, aber dafür kann der Arme ja nichts. Und wenn sonst alles stimmt, kann man über solche Nebensächlichkeiten hinwegsehen. Jakob sei an sich ein ganz normaler Mann, meinte sie nach dem ersten Date. Nicht groß, nicht klein, nicht dick, nicht dünn, nicht hübsch, nicht hässlich. Graue, schon etwas schüttere Haare, aber noch keine Glatze. Kein Intellektuellentyp, eher bodenständig. Nicht geschniegelt, aber gepflegt. Ihr Schulterzucken signalisierte mir, dass sie diese Art von Normalität nicht berauschend fand. Mein Gott, was hat sie denn erwartet? Einen Alt-Charmeur im Armani-Anzug, der im Porsche vorfährt, sie mit Handkuss begrüßt und den Wagenschlag aufhält? Im Prinzip würde ich Christel solche Gedanken durchaus zutrauen, wenn sie nicht ein mehrfach gebranntes Kind wäre. Aber wer weiß, was in den Hirnwindungen einer äußerst unternehmungslustigen älteren Dame noch alles vorgeht ...

Jakob hat bei Neunkirchen ein großes Haus mit einem ebensolchen Garten. Das ist mit Arbeit verbunden, aber er hat ja Zeit. Außerdem ist er noch extrem fit, dank ausgedehnter Radtouren und regelmäßiger Wanderungen. Und er verreist gerne. Passt doch alles ganz prima, denke ich mir. Nun gut, dass er gerne viel unternimmt und sie aus finanziellen Gründen nicht ganz mithalten kann, ist nicht so das Wahre, meint Christel. Aushalten lassen will sie sich nämlich nicht, das kommt gar nicht in die Tüte. Und dass er in Neunkirchen wohnt, ist auch etwas ungünstig, weil sie kein Auto hat. Aber das sind keine gravierenden Dinge und nach dem ersten Mal kann man ohnehin nicht viel sagen. Abwarten und Tee trinken. Jedenfalls hat er eindeutig Interesse bekundet und beim zweiten Blick sieht man immer mehr als beim ersten.

Vorgestern hat sie den zweiten Blick geworfen. Und heute, Sonntag, haben wir Gelegenheit, während einer Wanderung über diesen zweiten Blick zu reden. Mit von der Partie und über Christels Schandtaten immer ausgiebig informiert ist eine Wanderkameradin namens Margit, eine klapperdürre, drahtige Siebzigerin mit ausgeprägtem Modebewusstsein, die ständig darüber klagt, dass es keine schönen Männer mehr gibt. Dabei hat sie selbst zwei davon unter die Erde gebracht. Und die paar, die übrig sind, werden uns – das ist doch die Sauerei! – von den Osteuropäerinnen weggenommen. Wenn es um das Thema Männer geht, redet sich Margit schnell und gerne in Rage, aber auf eine Art, die höchst unterhaltsam ist.

Jetzt lauschen wir beide aufmerksam dem jüngsten Senioren-Report. »Ich war bei ihm zu Hause«, erzählt Christel, und zu meiner Schande holt mich sofort meine schmutzige Phantasie ein. Ich komme mir vor wie eine Mutter, deren fünfzehnjährige Tochter das erste Mal bei ihrem Freund übernachtet hat, sturmfreie Bude inbegriffen.

»Er hat sich völlig korrekt verhalten«, fügt Christel schnell hinzu, als hätte sie meine Gedanken erraten. »Es ging ihm hauptsächlich darum, dass ich sehe, wie er wohnt.«

Aha, der Versorgertyp! Wohnt mit Sicherheit sehr gepflegt, mit Badezimmer auf jeder Etage inklusive Hakle dreilagig. Wahrscheinlich hat er ihr mit stolzgeschwellter Brust erzählt, welche architektonischen Finessen er selbst bewerkstelligt hat.

»Das Haus ist schon eine Wucht«, fährt Christel fort. »Ein Zwei-Familien-Haus in Hanglage mit riesiger Terrasse. Morgens hast du die Sonne im Schlafzimmer, ab vier Uhr nachmittags scheint sie voll ins Wohnzimmer. Außerdem eine herrliche Aussicht. Gut, in der Gegend ist der Hund begraben – ein reines Wohnviertel, keine Geschäfte, keine Kneipe, nichts. Aber das Haus kann sich wirklich sehen lassen. Auch der Garten ist ein kleines Paradies. Den Goldfischteich hat er selbst angelegt! Er scheint handwerklich ganz gut drauf zu sein.«

Während ich mich leiser Verwunderung hingebe, dass Christel bereits über das Schlafzimmer zu berichten weiß, lässt Margit ihrer Begeisterung freien Lauf: »Das ist doch toll! Ich gäbe was für einen Mann, der gerne im Garten schafft. Das ist nicht mit Geld zu bezahlen.«

»Wenn du mit ihm den Gärtner und den Klempner sparen kannst, ist er Gold wert«, stimme ich zu. »Nichts ätzender, als wenn du für jede Kleinigkeit einen Fachmann brauchst. Erstens kommt fast keiner mehr, zweitens dauert es ewig, bis jemand kommt, und drittens zahlst du dich tot.« Kaum ist es heraus, verwünsche ich mich für meinen ausgeprägten Pragmatismus. Aber wenn man einen Partner hatte, der stets darauf bedacht war, dass seine Nivea-gepflegten Hände keinen Schaden nehmen, wird man so.

Doch unsere Kommentare sind etwas eindimensional und prompt kassieren wir auch einen missbilligenden Blick. »Das allein kann es wohl nicht sein,« meint Christel. »Aber er ist auch ein netter Kerl. Ich glaube, er hat einen durch und durch guten Charakter. Bei ihm gibt es keine faulen Kompromisse. Als er gemerkt hat, dass seine Frau was mit einem anderen hat, gab es für ihn nur die Trennung. Er wollte klare Verhältnisse. Das finde ich gut.«

Solche Redensarten ziehen bei mir nun gar nicht. Meiner hat auch immer den Moralapostel gespielt, was ihn aber nicht davon abgehalten hat, sich an seiner Putzfrau zu vergreifen. »An deiner Stelle wäre ich vorsichtig mit sogenannten Saubermännern. Da wird immer noch mit zweierlei Maß gemessen. Wer weiß, was er sich in seinen besten Jahren alles rausgenommen hat.« Schon wieder ärgere ich mich über das, was ich gesagt habe. Christel kennt sich mit Männern aus, die braucht keine miesmachenden Belehrungen.

Zu allem Überfluss setzt Margit noch eins drauf: »Ich hätte für keinen von meinen Männern die Hand ins Feuer gelegt. Im Prinzip kann ich nichts Schlechtes über sie sagen, aber zugetraut hätte ich ihnen alles. Wenn ein Schamhaar winkt ...«

Christel lächelt müde: »Klar, weiß ich alles. Für meinen Ex wäre eine Ménage à trois auch das Normalste auf der Welt gewesen. Trotzdem: Ich glaube, dass in Jakob wirklich ein guter Kerl steckt.«

»Na, dann wäre es doch einen Versuch wert! Ein guter Kerl, topfit, unternehmungslustig, was willst du noch mehr? Das ist doch genau der Typ Mann, von dem du nie gedacht hättest, dass es ihn für dich noch gibt!«, versuche ich sie zu ermuntern.

Christel windet sich sichtlich. »Ich weiß nicht so recht. Ach ja, Tiere mag er auch sehr gern, und mit Viechern habe ich es nicht so ...«

»Tierliebe ist nicht verkehrt,« schieße ich zurück. »Leute,

die Hunde mögen, halten viel von guter Kameradschaft. So etwas sollte man sich gerade im Alter zu schätzen wissen.«

»Du weißt nicht, was du willst«, schimpft Margit. »Wenn das stimmt, was du erzählst, könnte es doch gar nicht besser kommen. Du hast Schiss, das ist alles!«

Es ist ganz offensichtlich, dass Christel sich nicht überzeugen lassen will. Schließlich lässt sie die Katze aus dem Sack: »Er ist kein Mann zum Küssen!«

Ich glaube, ich bin im falschen Film! »Wozu brauchst d u denn noch einen Mann zum Küssen?!«, rutscht es mir heraus, und ein entsetzter Blick von Margit sagt mir, dass ich das größte aller Fettnäpfchen erwischt habe.

Tatsächlich reagiert Christel völlig aufgebracht: »Großer Gott, Hannah! Der Mann will doch noch was von mir, das ist doch klar! Was glaubst du denn?!«

»Meine Nerven, fit hin oder her, mit siebzig wird der auch keine Affenbrotbäume mehr ausreißen! Da würde ich mir an deiner Stelle keine großen Sorgen machen«, halte ich störrisch dagegen, und Margit verdreht Hilfe suchend die Augen.

Meine beste Freundin wirft mir einen Blick zu, der mir sagt, dass sie an meinem Verstand zweifelt. »Du wirst dich noch wundern, wenn du erst mal in meinem Alter bist!«, ruft sie entrüstet. »Sexualität hört nie auf!«

Sind die Frauen denn alle verrückt geworden? Wenn die 50-Jährigen den Wechseljahreskoller kriegen, wie soll man dann das hier nennen? Irgendwann wollen die mir noch weismachen, dass in den Pflegeheimen lauter Orgien gefeiert werden!

Margit, für die es noch vor fünf Minuten ein Mann für Gartenarbeiten getan hätte, fühlt sich berufen, die Situation zu retten: »Christel hat schon Recht! Als Frau siehst du im Mann immer auch den Mann, egal wie alt du bist. Und umgekehrt ist es wahrscheinlich genauso. Das hat nicht unbedingt etwas damit zu tun, ob man noch zusammen ins Bett will oder kann. Wenn dich jemand in den Arm nimmt, willst du dich doch auch wohlfühlen, oder?«

Kuck an. So viel Fingerspitzengefühl hätte ich Margit gar nicht zugetraut.

Eine Puppe zum Abgewöhnen

Juli 2005

Vor einigen Tagen stand ein Bericht in der Zeitung über einen Schulversuch mit sogenannten Baby-Simulatoren. Das sind High-Tech-Puppen, die erfunden wurden, um jungen Mädchen eine Vorstellung zu vermitteln, was es bedeutet, ein Baby zu haben. Tatsache ist nämlich, dass trotz unseres aufgeklärten Zeitalters, in dem sogar Schwule wissen, wie man verhütet, immer mehr minderjährige Mädchen schwanger werden. Psychologen gehen davon aus, dass dies etwas mit Frust zu tun hat und dem unbewussten Wunsch, denselben mit einem süßen kleinen Pans zu vertreiben. Dumm ist nur, dass Babys nicht immer süß sind, sondern auch ganz schön auf die Nerven gehen können. Und deshalb kann ein Baby-Simulator so ziemlich alles, was ein echtes Baby auch kann. Vor allem kann er endlos plärren, denn er soll schließlich der Abschreckung dienen.

Der Bericht hat mich total fasziniert. Ich habe mich sofort gefragt, warum noch keiner auf die Idee gekommen ist, für eben dieselbe Klientel einen Ehemann-Simulator zu entwickeln. Viele Mädchen in der Pubertät finden ja nicht nur Babys süß, sondern an erster Stelle diejenigen, die sie ihnen machen. Ich bin sicher, ein Partner-Simulator, der den Girlies vor Augen führen würde, was aus einem virilen Voll-geil-Halbdeppen werden kann, wenn man ihn stationär bei sich aufgenommen hat, würde reißenden Absatz finden.

Seither beschäftigt mich die Überlegung, mit welchen Liebestötern man eine solche Puppe programmieren könnte, um den bestmöglichen Erfolg zu erzielen. Mit der richtigen Software steht und fällt bekanntlich alles.

»Wie war das eigentlich bei dir und deinem Mann?«, frage ich daher Christel auf einem typisch saarländischen Grillabend, zu dem Karin, die Berliner Schnauze, eingeladen hat. Typisch saarländisch heißt: Rostwürste, Schwenker und vielleicht noch ein Stück Lyoner, dazu französisches Weißbrot. Karin nimmt es aber mit den saarländischen Gepflogenheiten nicht so genau. Es gibt deshalb kein französisches Weißbrot, sondern Kartoffelsalat Berliner Art. »Was hat dich an deinem Mann am meisten genervt?«

Christel muss nicht lange überlegen: »Er hat nicht mit mir geredet. Das war für mich das Schlimmste. Ich habe für ihn überhaupt nicht existiert.«

»Ich dachte jetzt eher an unangenehme Marotten. Dinge, die einen früher oder später auf die Palme bringen. Müffelnde Socken vor dem Bett, dritte Zähne auf dem Nachttisch und so ...«

Wieder zögert Christel nicht lange: »Er war ein Dreckschwein. Die ganze Woche brauchte er keine Dusche, noch nicht mal, wenn er mir an die Wäsche ging. Samstags legte er sich in die Wanne, nach guter deutscher Tradition. Aber wenn er sauber war, hat er mich nicht angerührt. – Wozu willst du das überhaupt wissen?«

»Ich sammle männerfeindliches Material.«

Christel blickt mich verständnislos an, ebenso wie Karin und Barbara, die Kräuterhexe. Sie ist heute zum ersten Mal dabei und weiß noch nicht, wie unsere rotweingeschwängerten Lästerrunden ablaufen. Aber bei dem Wort »männerfeindlich« ist sie sofort hellwach, denn sie ist, obwohl als Einzige unter uns verheiratet, eine Hardcore-Feministin. Übrigens eine der wenigen, der ich ihr Engagement auf diesem Sektor abnehme. Von Berufs wegen weiß ich nämlich, dass es gerade unter Frauen wenig aufrichtige Solidarität gibt. Der Frauen schlimmster

Feind sind die Frauen, könnte man sagen. Aber Barbara traue ich Beihilfe zum Mord zu, wenn es um männliche Sausäcke geht. Vermutlich kennt ihr Angetrauter ihre Gesinnung nicht, sonst könnte er mit Sicherheit nicht mehr ruhig schlafen.

»Wofür brauchst du männerfeindliches Material?«, fragt sie neugierig.

»Die Tage stand ein Artikel in der Zeitung über einen Schulversuch mit Baby-Simulatoren«, kläre ich sie auf. »Das sind High-Tech-Puppen, die junge Mädchen dazu bringen sollen, das Thema Verhütung ernster zu nehmen. Anscheinend gibt es einen Baby-Boom bei Teenagern. Ich dachte mir, dass man schon etwas früher ansetzen sollte, mit einem Partner-Simulator, der den Mädchen zeigt, was sie sich an Land ziehen können, wenn sie sich mit irgendwelchen pubertierenden Rotzlöffeln einlassen. Heutzutage ist doch alles machbar. Wenn Computerspezialisten eine High-Tech-Babypuppe programmieren können, die nur brabbelt, kreischt oder in die Windeln macht, dann muss man auch Partner-Puppen programmieren können, mit denen man die Mädchen abschrecken kann.«

Auf Barbaras Gesicht macht sich ein Grinsen breit: »Oh, da würde mir so allerhand einfallen. Christel hat einen guten Anfang gemacht: Stinken muss der Kerl! Bier, Schweiß, Zigaretten – das bringt's! Der alte Witz mit dem Nudelholz-Drachen hinter der Tür, wenn der Alte aus der Kneipe kommt, hat schon seinen tieferen Sinn.«

Karin schaltet sich ein: »Andauerndes Genörgel, das schafft früher oder später jeden!« Sie überlegt kurz und rempelt mich dann begeistert an: »Mensch, ja! Das ist es: Ein Pascha-Simulator! Stell dir vor, der würde schon beim Frühstück anfangen zu quengeln: ›Kein gebügeltes Hemd im Bad ... Kaffee zu dünn, Ei zu hart, Toast mal wieder verbrannt. Ist die Stulle fürs Büro fertig? Nicht schon wieder Leberwurst ...‹« Auf einmal lacht sie schallend: »Mann, das könnte man voll durchziehen. Abends würde es grad so weitergehen: ›Was gibt's denn heute zu essen? – Schon wieder?! Hatten wir doch erst. Vielleicht fällt dir für morgen noch was anderes ein! – Hol mir mal 'n Bier aus dem Kühlschrank! Gibt's hier irgendwo Pfeffer und Salz? Bisschen lasch, das Ganze ...‹«

»Genau so«, stimme ich ihr eifrig zu. »Wichtig ist natürlich, dass du ihn nicht abstellen kannst.«

Auch Christel entwickelt auf einmal Phantasie: »Wie wär's mit einer Prolo-Version? Mit Bierrülpsern und sauigen Sprüchen?«

»Und nachts eine Drei-Minuten-Erektion mit anschließendem Schnarchkonzert«, fügt Barbara hinzu, ohne eine Miene zu verziehen.

Karin und ich brüllen vor Lachen. »Wahnsinn!« Ich ringe um Luft. »Außerdem müsste man ihn im Zeitraffer altern lassen können. Das wäre der Clou. Es müsste eine Funktionstaste geben ›Mein Schatz in zwanzig Jahren‹. Stellt euch vor, es macht ›puff‹ und mein Traummann hat auf einmal Bierbauch, Hamsterbacken und Tränensäcke! Herrlich!« Ich wische mir die Lachtränen aus den Augen.

»Müssten ihm nur noch Zähne und Haare ausfallen, wie?«, ergänzt Barbara und Karin kriegt sich nicht mehr ein.

»So ein Ding wäre eine Goldgrube, wenn man es auf den Markt bringen würde«, spekuliere ich. »Die Mädels mit vierzehn, fünfzehn Jahren sind doch blind. Wenn ihr pubertätspickeliger Schatz koddert, spuckt und derbe Sprüche klopft, finden sie das cool. Da muss man schon scharfe Geschütze auffahren. Ich bin sicher, viele leidgeprüfte Eltern wären begeistert von so einem Simulator!«

»Das wär nicht nur was für Teenies. Mit so einem Gerät könntest du ganze Generationen von Frauen vor dem Schlimmsten bewahren. Du brauchst nur das richtige Marketing.« Typisch Barbara. Man merkt immer wieder, dass in ihr auch eine Geschäftsfrau steckt. »Ein Hersteller von Partner-Simulatoren könnte sich an jede alleinstehende Frau wenden, die es noch nicht aufgegeben hat. ›Aufgebot schon bestellt? – Warum versuchen Sie's nicht erst mit einem Traummann aus dem High-Tech-Labor? – Sie werden sich wundern!‹.«

Karin und ich quieken schon wieder, aber Christel schüttelt den Kopf: »Vergiss es! Kein Mensch würde eine derart ekelhafte Puppe kaufen – und wenn, würde er sie am nächsten Tag zurückbringen und sein Geld wiederhaben wollen.«

Kurze Betroffenheit, dann die zündende Idee von Barbara: »Man könnte sie im Ausleihverfahren anbieten. Das wäre für Kundinnen finanziell sowieso interessanter. So eine High-Tech-Puppe würde ja ein Schweinegeld kosten. Aber wenn man sie tageweise ausleihen würde, könnte man mit moderaten Gebühren arbeiten.«

Ich bin beeindruckt: »Klasse Idee! Und man könnte gleichzeitig werben mit dem Slogan: ›Den können Sie wenigstens wieder zurückbringen ...‹.«

Unser Gejohle nimmt ruhestörungsverdächtige Ausmaße an. Als Karin aufsteht, um Ordnung in die Reste unseres Gelages zu bringen und die nächste Rotweinflasche zu öffnen, lässt sich eine Stimme vernehmen: »Die Damen sind ja verdammt gut drauf heute!«

Karin beugt sich über die Brüstung und auch die restlichen Mitstreiterinnen können sich einen Blick über den Balkon nicht verkneifen. »Ach, Herr Kießling! Schönen guten Abend auch!« Karin winkt gut gelaunt einer Gestalt zu, die im Garten des Nachbarhauses gerade die Blumen wässert. Mein Blick fällt auf einen rotgesichtigen Mittfünfziger im Kleingärtner-Look: Kurze Hose, Schießer-Feinripp-Unterhemd mit Schweißrändern, weiße Socken, Birkenstock-Sandalen. Über der Hose hängt eine gefährlich anmutende Wamme, die das Feinripp-Hemd zu sprengen droht.

»Ich mein gerade, meine minderjährigen Töchter hätten Ausgang!«, tönt der Dicke, während er sich mit dem rechten Unterarm über die schweißglänzende Stirn wischt.

»Blödmann!«, zischt Christel.

»Ein gutes Musterexemplar für die Zwanzig-Jahre-später-Version«, murmle ich vor mich hin.

»Da reichen keine zwanzig Jahre«, raunt Barbara mit Kennerblick. »Da läuft schon das Entsorgungsprogramm. Ich tippe auf den Knopf ›Herzinfarkt‹.« Die Bemerkung entlockt Christel und mir ein gehässiges Kichern.

Karin, die die Kunst beherrscht, mit lockeren Worten immer und überall für eine versöhnliche Stimmung zu sorgen, strahlt den Rotgesichtigen an: »Es jeht uns einfach jut heute! Wir haben's mit die Männer.«

Der Kleingärtner starrt uns einen Moment ausdruckslos an. So ganz geheuer scheint ihm die Erklärung nicht zu sein. Aber dann ringt er sich ein gutmütiges Grinsen ab: »Na, wenn ihr mit uns was zu lachen habt, umso besser!«

S o kann man es natürlich auch sehen.

Sternstunden

August 2005

Ich schäme mich es zuzugeben, aber hin und wieder lese ich Horoskope. Noch schlimmer: Ich bin sogar dazu übergegangen, meine Mitmenschen nach ihrem Sternzeichen zu fragen, wenn ich merkwürdige Eigenschaften an ihnen zu entdecken glaube. Allerdings – darauf lege ich Wert – ist mein Umgang mit den Sternen eher spielerisch. Nur auf Fische und Skorpione bin ich gar nicht gut zu sprechen. Und seit ich durch meinen Ex Bekanntschaft mit Raubtieren gemacht habe, habe ich auch von Löwen die Schnauze ziemlich voll. Ich habe mich später übrigens belehren lassen, dass die Kombination Steinbock und Löwe in der Tat tödlich sein soll. Um diese beiden Sternzeichen zu einer friedlichen Koexistenz zu bringen, müsste man sie auf verschiedenen Planeten ansiedeln – was in meinem Fall wahrscheinlich die einzig funktionierende Lösung gewesen wäre.

Die Astrologie hat also schon etwas für sich. Deshalb wurde ich neugierig, als ich in der Treff-Beilage der SZ die Kontaktanzeige eines Jungfrau-Mannes entdeckte, der vorzugsweise einen weiblichen Steinbock der dritten Dekade suchte. Endlich hatte ich was zu bieten! Die Anzeige war auf Englisch verfasst und enthielt diverse Anklänge an »Dinner for one«. »James (58, mit Bart) sucht Miss Sophie«, hieß es da unter anderem. Auch von »love and feelings« war etwas blauäugig die Rede. Vermutlich war es für Johann der erste Versuch, auf diesem Weg eine Frau kennenzulernen.

Jedenfalls fiel die Anzeige aus dem Rahmen. Und wenn zwei meiner angenehmsten Freundinnen Jungfrauen sind, könnte man sich den Sternen doch auch einmal anvertrauen, wenn es um Männer geht! Ich schrieb deshalb zurück unter

Angabe meines Sternzeichens inklusive Aszendent und gab zu verstehen, dass ich mich gerne im Rahmen eines Dinners von einem Butler verwöhnen lassen würde.

Wenige Tage später kam der Anruf des Virgo-Mannes. Das Gespräch war denkbar unspektakulär. Wir tauschten ein paar Standarddaten aus und verabredeten uns für das Wochenende. Das Einzige, was mir auffiel, war eine angenehm dunkle Stimme und eine gewisse jungfrautypische Pedanterie in Form genauester Anweisungen, wie ich mich bei dem Treffen wo zu platzieren hätte, damit er mich erkennen würde. Das war's.

Und so habe ich denn auch darauf geachtet, dass ich mich heute, am Samstagnachmittag, 15.30 Uhr, vor dem Eiscafé Capri auf der Berliner Promenade, vorschriftsmäßig drapiert habe: in Jeans und Bluse, über das Promenadengeländer gebeugt, den Blick sehnsüchtig in die Ferne gerichtet.

Schließlich werde ich unvermittelt von hinten angesprochen: »Einen wunderschönen guten Tag!« Ich drehe mich um – und halte vor Schreck die Luft an. Vor mir steht ein Wesen, das der irischen Sagenwelt entsprungen oder mit Wolfgang Thierse verwandt zu sein scheint. Ich blicke in ein von krautigen dunklen Barthaaren überwuchertes Gesicht. In dem Gestrüpp ist eine Knollennase auszumachen, umringt von einigen Warzen, Knopfaugen hinter dicken Brillengläsern. Über den Brillengläsern wölbt sich eine Denkerstirn mit lichtem, ebenfalls krautigem Haar. Aber das Härteste ist der Mund: eine umwucherte Höhle mit vier Zähnen in den Schattierungen von mittel- bis dunkelbraun. Ich fühle mich wie in einem bösen Traum, aber es ist kein Traum.

Die trollähnliche Kreatur schält ein Röschen aus braunem Packpapier und hält es mir zur Begrüßung hin. Unter Aufbietung aller Kräfte ringe ich mir ein Lächeln ab: »Hallo! – Vielen Dank, das Blümchen wäre wirklich nicht nötig gewesen. Sie wissen doch gar nicht, ob ich das verdient habe!«

»Eine Frau hat so etwas immer verdient.« Sieht so aus, als könnten auch Wesen aus der Sagenwelt einen gewissen Charme versprühen.

Der Troll zeigt einladend auf einen Tisch und wir setzen uns. Mit der gebotenen Behutsamkeit lege ich das Röschen auf einen freien Stuhl und versuche mich an den Anblick meines Gegenübers zu gewöhnen. Mein Gott, wann ist mir das letzte Mal eine derart abenteuerliche Gestalt begegnet? Anscheinend hatte ich mit meinen Verabredungen längere Zeit Glück, ohne mir dessen bewusst zu sein. Wenigstens verströmt der Krautbärtige keine üblen Gerüche, auch seine Kleidung wirkt sauber. Man muss immer das Positive sehen. Auch diese Begegnung wirst du glorreich überstehen, Hannah, und dann gönnst du dir erst mal eine längere Pause.

Der Kellner nimmt die Bestellung auf, einen Cappuccino und eine heiße Schokolade. Als er verschwindet, versuche ich ein Gespräch zu eröffnen, indem ich auf die Macht der Sterne zu sprechen komme: »Ich dachte immer, Frauen wären der Astrologie mehr zugetan als Männer. Aber anscheinend gibt es Ausnahmen!«

»Man sollte nichts zum Dogma machen«, belehrt mich der Rauschebart. »Aber seit ich mich intensiver mit Astronomie beschäftige, ist mir so manches klar geworden.«

Kommentarlos schlucke ich den subtilen Hinweis auf den Unterschied zwischen exakten und weniger exakten Wissenschaften. Der da darf mir heute alles erzählen, mich bringt nichts mehr aus der Fassung.

»Hätte ich vor meiner Hochzeit gewusst, wie viel Sprengstoff in der Konstellation Jungfrau III und Löwe II steckt, hätte ich nie geheiratet«, fährt er fort. »Ich wollte sie sowieso nicht mehr. Es war alles die Schuld meiner Mutter.«

»Ach ja?« Ich knirsche insgeheim mit den Zähnen. Werden Männer denn nie zu alt, um alles Ungemach in ihrem Leben auf die böse Mutti zu schieben?

Er scheint mir anzusehen, dass mich das Argument nicht überzeugt. »Früher war das wirklich ein Problem«, beteuert er. »Im Grunde wusste ich, dass aus der Beziehung nichts Gescheites wird. Aber meine Mutter hat darauf bestanden, dass das Verhältnis legalisiert wird. So ein Quatsch – als ob ein Fetzen Papier ein und alles wäre!«

Schon merkwürdig. Man hört immer wieder von Kulturen, in denen vor allem Frauen gegen ihren Willen verheiratet werden. Aber dass sich hierzulande Männer eine Frau aufschwatzen lassen, die sie nicht haben wollen, ist mir neu. Vor allem, wenn diese Frau noch nicht einmal einen dicken Bauch von ihnen hat!

»Wirklich glücklich waren wir keinen Tag lang«, erzählt er und macht eine Kunstpause, als die Getränke gebracht werden. »Es passte von Anfang an nichts zusammen. Ich wollte gerne Kinder, aber sie nicht. Irgendwann war für mich das Thema gegessen. Wir haben sowieso kaum mehr miteinander geredet. Ausgezogen bin ich, als sie Ende dreißig doch noch schwanger wurde und mir nicht mal was davon erzählt hat!«

Das ist kein böser Traum, das ist eine Seifenoper! Dass Schüler und Studenten sich gerne aus dem Staub machen, wenn sie im Überschwang der Hormone eine Freundin dick gemacht haben, ist bekannt. Dass 40-jährige Ehemänner das Gleiche tun, wenn ihnen das bei ihrer Frau passiert, davon habe ich noch nichts gehört.

»Na ja,« gibt er mit einem schiefen Grinsen zu und entblößt dabei nicht nur vier braune Zaunlatten, sondern auch eine Lücke. »Später dachte ich mir, dass man als Mann das Thema Verhütung vielleicht etwas ernster nehmen sollte, wenn man keine Kinder will. Wahrscheinlich tut man den Frauen Unrecht, wenn man sich auf den Standpunkt zurückzieht, dass man reingelegt worden ist.«

Glückwunsch zu dieser Erkenntnis! Der Rauschebart gewinnt in meinen Augen etwas an Format. Obwohl es vieles gibt, was ich nie begreifen werde. So zum Beispiel, dass Paare, die schon lange nicht mehr miteinander reden, immer noch miteinander bumsen. Aber das eine hat mit dem anderen wohl nichts zu tun. Außerdem sind Männer bekanntlich anders, Frauen auch.

»Ich habe mich meinen Vaterpflichten aber nicht entzogen«, betont der Gnom. »Ich habe jedes Wochenende mit meiner Tochter verbracht, wir haben ein Bombenverhältnis.« Ob das heißen kann, dass die Kleine ihn am liebsten in die Luft jagen würde ...?

»Sie sind also geschieden, wenn ich das richtig sehe!«, hake ich nach.

»Bin ich nicht. Aber ich lebe seit achtzehn Jahren von meiner Frau getrennt. Es hat nie die Notwendigkeit bestanden, sich scheiden zu lassen.«

Ich bin erstaunt: »Das wundert mich. Mit Ende dreißig will man doch oft wieder frei sein für einen neuen Partner.«

Er zuckt mit den Schultern. »Meine Frau hat mir zu verstehen gegeben, dass das Thema Mann für sie erledigt ist.«

Nach einem Vierteljahrhundert mit einer solchen Gestalt wäre es das für mich auch, geht es mir durch den Kopf. Wahrscheinlich ist die Ärmste traumatisiert.

»Aber den Schein braucht man ja sowieso nicht«, wiederholt er. »Zwischendurch habe ich ein paar Jahre mit einer anderen Frau zusammengelebt. Aber die Beziehung ist vor einigen

Monaten in die Brüche gegangen.« So, so! Ob für die Dame das Thema Mann auch ein für alle Mal erledigt ist ...?

»Und seit auch noch meine Tochter weg ist und in Hamburg studiert,« – er blickt aufrichtig betrübt – »habe ich gerade an den Wochenenden Probleme mit Einsamkeit.«

Das ist schlecht. Einsame Männer halten sich bei mir nicht lange, weil sie zu pflegebedürftig sind. Denen geht es bei mir ähnlich wie Dieffenbachien. Nach vierzehn Tagen setzen sie Spinnweben an, anschließend welken sie. Mit solch merkwürdigen Gewächsen brauche ich es gar nicht erst zu probieren.

Sieht so aus, als müsste ich dem Troll ein paar Dinge stecken. Ich lasse durchblicken, dass er es mit einer Junggesellin zu tun hat, die zumindest formal auch gerne eine bleiben möchte. Seltsamerweise sind viele Männer davon total begeistert, vor allem, wenn sie eine kostspielige Scheidung hinter sich haben. Wenn sie allerdings merken, dass die Frau nicht nur Junggesellin bleiben will, sondern auch wenig Zeit für sie hat oder gerne eigene Wege geht, finden sie das in aller Regel weniger gut.

Auch mein Gegenüber zeigt sich erleichtert, dass ich mit der Ehe nichts am Hut habe. Wundert mich nicht, etwas anderes könnte er im Moment kaum gebrauchen. Zu dem, was das Leben einer Single-Frau sonst noch ausmacht, äußert er sich wohlweislich nicht.

Wir tauschen ein paar Belanglosigkeiten aus. Er erzählt, dass er in St. Ingbert wohnt, aber in vierzehn Tagen umziehen wird. Dass er Handelskaufmann und im Außendienst ist. Hoffentlich hat er seine Stammkundschaft und muss nicht mehr allzu oft die Zähne fletschen!

Ich gebe zum Besten, dass ich in Alt-Saarbrücken wohne und einen Job beim Staat habe. Er lächelt süffisant: »Wie schön. Da brauchen Sie wenigstens keine Angst vor Hartz IV zu haben!«

»Das ist wohl wahr«, antworte ich ebenfalls lächelnd, obwohl ich ihm für diese Bemerkung gerne noch eine Zahnlücke mehr verpassen würde. Anspielungen auf die Privilegien der Staatsdiener kann ich auf den Tod nicht ausstehen. Wenn man in über zwanzig Jahren nicht nur die Vorzüge, sondern auch die Tücken des Systems kennengelernt hat, hat man von dummen Sprüchen über den öffentlichen Dienst die Nase gründlich voll.

Ich versuche ein paar Hobbys aus ihm herauszukitzeln. Lesen tut er viel, allerdings nur Sachbücher. Vor allem die Naturwissenschaften haben es ihm angetan. Überhaupt: Faktenwissen imponiert ihm. Er würde auch gerne einmal bei Günther Jauch mitzumachen, wenn er nicht Angst hätte, sich bei einer dämlichen 200-Euro-Frage zu blamieren. Urlaub macht er selten, und wenn, dann setzt er auf Erholung und ein bisschen Kultur. Nein, mit Sport hat er es gar nicht. Sieht man, denke ich mir. »Körperliche Bewegung ist so anstrengend. Außerdem muss ich dabei so viel schwitzen.« Wieder grinsen mich die braunen Stummel an.

Anschließend geht mir der Gesprächsstoff aus oder besser gesagt: Ich habe keinen Informationsbedarf mehr, weil ich sowieso kein Interesse habe. Außerdem macht sich zunehmend körperliches Unbehagen bei mir breit. Ich habe mir diese groteske Gestalt wahrlich lange genug angesehen. Ausgerechnet als ich fieberhaft überlege, wie ich einen gefälligen Abgang inszenieren kann, lässt er vernehmen: »Ich finde, wir können uns gut unterhalten. Das ist kein schlechter Anfang!«

Schließlich fällt mir Christel als Rettungsanker ein. Natürlich weiß sie über meine Abwege Bescheid und wir hatten ohnehin vereinbart, abends noch miteinander zu telefonieren. Warum nicht das Telefongespräch in ein Date verwandeln?

»Ich hoffe, es stört Sie nicht, aber ich muss kurz eine Freundin anrufen, mit der ich nachher noch verabredet bin.« Ich lächle Verständnis heischend, während ich das Handy aus der Tasche hole und Christels Nummer anwähle.

»Hallo, Mäuschen«, melde ich mich betont locker, als am anderen Ende abgehoben wird. »Ich sitze hier an der Berliner Promenade und wollte dir nur sagen, dass ich in sagen wir mal ...« - ich blicke auf die Uhr und anschließend wohlwollend auf mein Gegenüber – »... einer guten halben Stunde bei dir sein könnte. Ist das in Ordnung?«

Meine beste Freundin schnallt sofort, was los ist. Sie gibt mir eine Order, was ich zum Abendessen mitbringen soll, und ich drücke das Gespräch weg. Als ich das Handy wieder einpacke, kommt mir, dass jeder normale Mensch die Verabredung nicht spontan angezettelt, sondern einfach vorgegeben hätte. Nur ich schaffe so etwas nicht, weil ich mir einbilde, dass man mir sofort ansieht, wenn ich lüge.

»Ich will nicht unhöflich sein, aber vielleicht können wir uns für heute vertagen«, sage ich freundlich.

»Natürlich«, beeilt sich der Troll zu versichern und winkt dem Kellner. Mein Angebot, die Rechnung zu übernehmen als Revanche für das Röschen, lehnt er ab. »Ich würde mich freuen, wieder von Ihnen zu hören. Sie sind übrigens der hübscheste Besen, der mit seit Langem begegnet ist«, sagt er und fletscht ein letztes Mal die Zahnlücke, während er mir eine Visitenkarte hinschiebt.

»Danke für die Blumen. War wirklich ein nettes Gespräch«, gebe ich zurück. Wer sagt eigentlich, dass ich nicht lügen kann? Zum Abschied halte ich ihm zu seiner Enttäuschung nicht die Wange, sondern die Hand hin: »Ob wir uns noch mal sehen, steht vermutlich in den Sternen. Schönen Abend noch!«

Tiroler Perlen

August 2005

»Prost!« – »Zum Wohl!«

Irmtraud und ich stoßen kurz an und läuten damit formal den gemütlichen Teil des Abends ein. Wir sitzen in einem urigen Hotelrestaurant in den Ötztaler Alpen, in dem nicht nur typische Tiroler Gastlichkeit gepflegt, sondern auch hervorragend gekocht wird. Dies haben wir zu Beginn unseres Wanderurlaubes durch einen glücklichen Zufall festgestellt und sofort als Merkposten verbucht. Wir haben beide das Kochen nicht erfunden, essen aber trotzdem gerne gut.

»Das Essen heute haben wir uns redlich verdient«, meint Irmtraud und recht hat sie. 1.300 Höhenmeter haben wir gemacht – die meisten davon bergab, aber trotzdem – und sind jetzt redlich müde. Gut, dass wir in unseren Bedürfnissen ähnlich gestrickt sind und nicht zu der Sorte Urlauber gehören, die abends noch die große Sause brauchen. Magen und Geist wollen etwas gehämelt werden, dann geht es mit der nötigen Bettschwere in die Federn. Das ist auch das einzig Sinnvolle, wenn man am nächsten Morgen wieder fit sein will. Es gibt ja auch den Typ Pseudo-Aktivurlauber, der abends die Hotelbar bevölkert bis in die Puppen, um am nächsten Tag verkatert und glupschäugig am Frühstückstisch zu sitzen. Das ist Gott sei Dank gar nicht unser Ding.

»Gut, dass die Achentaler Stuben keinen Platz mehr für uns hatten«, sage ich und nehme einen Schluck Zweigelt. »Sonst wären wir vielleicht dort geblieben und hätten die drei strammen Jungs in Kauf genommen.« Irmtraud schneidet eine Grimasse bei der bloßen Vorstellung. Die drei strammen Jungs waren ein lokales Gesangstrio, das bereits Stellung bezogen hatte, um den Abend musikalisch zu untermalen. Ich hatte gerade noch Gelegenheit, die typische Wildecker-Herzbuben-Montur zu bewundern, bevor uns eine Bedienung freundlich, aber bestimmt vor die Tür setzte. Selten war ich so erleichtert, in einem Lokal keinen Tisch zu bekommen.

»Wirklich das einzige Problem in den Bergen, dass man diesem heimatländischen Gedudel kaum aus dem Weg gehen kann«, bemerkt Irmtraud und schüttelt leicht angewidert den Kopf. »Ich kann es nicht ausstehen, wenn man in einem Restaurant nicht seine Ruhe hat.«

Das glaube ich ihr aufs Wort, denn Irmtraud ist ein Mensch mit einem aufrichtigen Interesse an guten Gesprächen. Sie ist zwar rein äußerlich der Typ langbeinige Blondine, wird aber ansonsten dem Blondinen-Image in keiner Weise gerecht. Weshalb sie auch auf eine bestimmte Kategorie Witze sehr allergisch reagiert. Sie hat einen scharfen, kritischen Verstand, gepaart mit einer guten Allgemeinbildung und trockenem Humor. Das allein ist schon Gold wert. Vor allem aber will sie sich mit einem Gesprächspartner wirklich austauschen. Sich mit ihr zu unterhalten, ist ein reines Vergnügen.

Sieht man einmal davon ab, dass es Themen gibt, die sie nicht besonders interessieren. Wie etwa das Thema Mann. Ich vermute, es liegt daran, dass sie einen hat und damit dieser »Bereich« – sie ist ungeheuer praktisch und effizient veranlagt – für sie abgehakt ist. Sie hat Mitte zwanzig ihre Sandkastenliebe geheiratet und seither meinem Eindruck nach an das andere Geschlecht keinen müden Gedanken mehr verschwendet. Ich glaube, sie hat zu ihrem Martin – so heißt er – eine ähnliche Einstellung wie zu einem Kühlschrank oder einem Staubsauger. Solange er es irgendwie tut, wird sie ihn wohl behalten ...

Man bekommt von ihr auch nie zu hören, was sie an Männern gut oder schlecht findet. Nur einmal hat sie mich überrascht, als sie nämlich Pierce Brosnan als »wirklich gut aussehenden Mann« bezeichnet hat. Nicht dass ich anderer Meinung wäre, aber zum einen hätte ich ihr ein solches Werturteil nie zugetraut, zum anderen hat ihr Partner mit Pierce Brosnan ungefähr so viel Ähnlichkeit wie ein Dalmatiner mit einem Schäferhund. Trotzdem hatte ich nicht das Gefühl, dass ich über ihre Äußerung hätte nachdenken müssen.

Aber beim Anblick der drei rot-weiß gemusterten Jungs in den Achentaler Stuben geriet sie doch etwas aus der Fassung. Wenngleich dies wohl weniger mit dem Typ Mann zu tun hatte als mit dem zu erwartenden Kunstgenuss.

Doch dieser Kelch ist an uns vorübergegangen und jetzt warten wir in aller Gemütsruhe auf unser Essen: Schlutzkrapfen mit Spinatfüllung für Irmtraud, Basilikumnudeln für mich. Leider ist es heute Abend ziemlich voll hier. Das Hotel ist augenscheinlich sehr familienfreundlich, denn es wimmelt nur so von Kindern. Raumtemperatur und Geräuschpegel sind deutlich erhöht. Außerdem ist eine größere Gruppe französischer Touristen am Nebentisch auffallend gut drauf. Egal, der Qualität des Essens wird dies nicht abträglich sein und unsere Laune soll uns auch keiner verderben.

Wir machen gerade vage Pläne für den nächsten Tag, als ein Urschrei aus dem Nichts uns die Sprache verschlägt. Dem Urschrei folgt ein lautes Kreischen der Kinder, von denen viele, wie mir jetzt erst auffällt, bemalt sind und Papphütchen tragen. Ein alpenländisches Unikum, mit spitzem Trachtenhut und Akkordeon ausgerüstet, springt in den Ring und sofort formiert sich die Kinderschar zu einer langen Schlange. Das Unikum, ein männlicher Cro-Magnon mit dem Unterkiefer eines Arnold Schwarzenegger, stößt einen weiteren Ur-Jodler aus und schlägt eine Art Marschmusik an. Mit begeistertem Jauchzen ziehen die Kleinen klatschend und singend hinter ihm her wie hinter dem Rattenfänger von Hameln. Die Bedienung kriegt gerade noch die Kurve und serviert uns das Essen, dann geht im Saal nichts mehr.

Offenbar ist der Rattenfänger eine vertraute Gestalt, denn nicht nur die Kinder sind völlig aus dem Häuschen. Auch die übrigen Gäste sind sofort Feuer und Flamme. »Jetzt geht's loos!«, singt eine Gruppe im Chor. »Hardy sorgt mal wieder für Stimmung«, tönt es von irgendwoher, und am Franzosentisch macht sich hysterisch gute Laune breit.

Irmtraud wirft mir einen Blick zu, wie ihn wohl Marie-Antoinette auf dem Weg zum Schafott hatte. »Ich fürchte, da müssen wir durch«, murmle ich. Gleichzeitig bin ich fasziniert ob der Beliebtheit von Künstlern, die die Ausstrahlung eines Analphabeten haben. Wahrscheinlich heißt Hardy in Wirklichkeit Hartmut – auch bei Vertretern der Volksmusik hat sich die Einsicht durchgesetzt, dass Johnny sich fetziger anhört als Hans – und hat nichts gelernt, womit man auf normale Weise sein Geld verdienen könnte. Aber was soll's. Hauptsache, das Publikum ist glücklich.

Drei Mal zieht Hardy mit der singenden Kinderschar in Polonaisemanier durch das Restaurant, dann sind die älteren Fans dran. Fast jeder Gästetisch kriegt ein Ständchen, wobei das Repertoire des Alpen-Entertainers durchaus beachtlich ist. Aber Hardy weiß, was sich die Mehrheit der Touristen in Tirol wünscht. Deshalb stimmt er jetzt das Kufsteinlied an, was Irmtrauds blaue Augen zu kleinen grauen Kieselsteinen werden lässt, aber den Franzosentisch in schiere Ekstase versetzt:

Kennst du die Perle, die Perle Tirols,
das Städtchen Kufstein, das kennst du wohl;
umrahmt von Bergen, so friedlich und still:
Ja, das ist Kufstein dort am grünen Inn,
ja, das ist Kufstein am grünen Inn.

Hollara -diri -diri -diri ...

Als der Jodelrefrain einsetzt, erreicht die Stimmung am Nebentisch ihren Höhepunkt. Die Männer und Frauen der Grande

Nation schunkeln derart hemmungslos, dass ich eine füllige Brünette am Tischende, die mit dem Rücken zu mir sitzt, mitsamt Stuhl bereits auf meinen Basilikumnudeln sehe. Aber die Mitschunkelnden reißen sie zurück, bevor der Stuhl kippen kann.

»Wie ist dein Essen?«, frage ich Irmtraud zwischendurch, um von der absurden Situation abzulenken.

»Wahrscheinlich ganz gut«, antwortet sie, ohne den Blick vom Teller zu heben.

»Dumm gelaufen, aber anscheinend ist heute im ganzen Ötztal Jodel-Abend.«

»Schon okay. Man muss es nehmen, wie es kommt. Wirklich ein heißer Typ«, ist ihr Kommentar zu dem Akkordeon-Mann und ich registriere beiläufig, dass Irmtraud zum ersten Mal in meinem Beisein ein männliches Wesen als heißen Typ bezeichnet hat.

Hardy beglückt den Franzosen-Clan noch mit einem Schneewalzer, dann schnippt er bunt bebilderte Visitenkarten auf die Tische und zieht einen Saal weiter. Dem Himmel sei Dank! Mein Blick fällt auf sein Konterfei neben meinem Teller und ich konstatiere, dass bei dieser tumben Gestalt auch der beste Fotograf überfordert ist. Das Foto zeigt einen jungen Mann mit Nussknacker-Grinsen und eng stehenden Augen. Auch der schneidige Trachtenhut und der in Siegerpose erhobene rechte Daumen können nicht darüber hinwegtäuschen, dass sich hinter der Stirn dieses primatenhaften Wesens eine Wüste ausbreitet. Unabhängig davon scheint Hardy, der singende Bergfex, wie es auf der Karte heißt, sich großer Nachfrage zu erfreuen.

»Wenn du ihn so heiß findest, könntest du ihn ja zu eurer Silberhochzeit anheuern«, kann ich mir ein Grinsen nicht verkneifen.

»Das Engagement hebe ich mir für den Tag auf, an dem ich insgeheim die Scheidung anstrebe«, antwortet Irmtraud und ist damit schon wieder für eine Überraschung gut.

Wenigstens verdirbt uns der unvorhergesehene Programmverlauf nicht den Appetit. Trotzdem bestelle ich entgegen meiner Gewohnheit nach dem Essen noch einen Kräuterlikör, um die Innereien zu besänftigen. Zu unserer Erleichterung leert sich der Saal recht schnell, nachdem der Heimat-Barde abgezogen ist, sodass uns noch etwas Zeit bleibt, um uns von der Vorstellung zu erholen.

Gegen 22.00 Uhr fängt das Bedienungspersonal an die Tische abzuräumen und deckt für das Frühstück ein. Irmtraud und ich haben gerade bezahlt, als ein weiterer Alpenland-Bewohner in Erscheinung tritt und unseren Tisch ansteuert. Der Mann hat Gott sei Dank weniger steinzeitliche Gesichtszüge und ist sogar halbwegs normal gekleidet. Irgendwo habe ich ihn schon einmal gesehen, ich glaube, hinter dem Tresen.

»Ja, seid's ihr beide auch wieder da?«, strahlt er uns an. Aus der Art, wie er zu uns spricht, schließe ich, dass wir es mit dem Wirt zu tun haben. Er ist nicht besonders groß, aber ansonsten recht ansehnlich. Dunkles volles Haar hat er und regelmäßige echte Zähne, außerdem versprüht er einen gewissen glutäugigen Charme, wie ich ihn nur von Südeuropäern kenne. Ich bin aber nicht nur von seinem Äußeren, sondern auch von seinem Gedächtnis beeindruckt: Ist ja toll, wenn in einem so großen Betrieb einer merkt, dass ein Nicht-Stammgast schon hier war. Spricht für Aufmerksamkeit und Kundenorientierung, jawohl. Da können sich die Deutschen, wie so oft, eine Scheibe abschneiden!

»Ja, uns ist aufgefallen, dass ihr einen prima Koch habt.« Dieses Kompliment meinerseits hat er verdient.

Der kleine Dunkelhaarige lächelt geschmeichelt: »Stimmt. Aber man darf es ihm nicht so oft sagen, sonst hebt er noch ganz ab! – Tut mir übrigens leid, dass es heute etwas laut war bei uns. Normalerweise findet unser Tiroler Abend auf der Terrasse statt. Aber dazu war es heut wirklich zu kalt.« Seine Glutaugen bitten um Vergebung. »Darf ich euch noch zu einem Schnapserl einladen?«

Ich meine schon genug Alkohol intus zu haben und will spontan abwinken, aber ich bin schließlich nicht alleine hier. Also blicke ich Irmtraud an und stelle fest, dass sie sich erstaunlich schnell erholt hat. Ihre Augen sind keine grauen Kiesel mehr, sondern blaue Sterne, und sie lacht den Wirt an wie eine Bilderbuch-Blondine: »Sehr gerne, ja!«

Der Kleine verschwindet und ist im Nu mit drei gefüllten Schnapsgläsern zurück. »Prost, auf euer Wohl! Es freut mich, dass es euch bei uns so gut schmeckt.« Ich mag keinen Klaren, aber dieser Obstler ist ganz vorzüglich. Weich und warm am Gaumen – wirklich ein Genuss!

»Seid's ihr noch länger da?«, fragt der Schönling.

Während mein Blick auf seinen geöffneten Hemdkragen fällt, aus dem dunkle, leicht gekräuselte Haare und ein goldenes Kreuzchen hervorlugen, vernehme ich Irmtrauds aufgekratzte Antwort: »Noch eine gute Woche. Wir waren heute bestimmt nicht das letzte Mal hier, was meinst du, Hannah?«

Irgendetwas läuft hier plötzlich ganz anders, als ich dachte. »Wie? – Ach so, ja, natürlich! Wo man so verwöhnt wird, geht man doch gerne wieder hin!«, höre ich mich sagen.

»Na, da freu' ich mich jetzt schon!« Der Kleine hebt nochmals das Glas und schenkt uns ein weiteres unwiderstehliches Lächeln. Dann entschuldigt er sich, weil noch viel zu tun ist, und auch wir verabschieden uns. Im Hinausgehen schnappt Irmtraud nach dem Hausprospekt, was ihr einen letzten feurigen Blick einbringt.

»War doch wirklich ein netter Abend«, meint sie, als die Tür hinter uns zufällt. Ich habe immer noch das Gefühl, dass etwas komisch gelaufen ist, aber ich will kein Spielverderber sein. Sicher, es war ein bisschen viel los heute, aber das Essen war gut. Auch der Alpen-Entertainer war als Stimmungskanone gar nicht so schlecht. Und dass der Wirt uns noch zu einem Schnaps eingeladen hat, war doch wirklich eine nette Geste! Ganz abgesehen davon ist er ein ansehnliches Kerlchen. Er könnte einen Kopf größer sein, aber ansonsten ... ja, ansonsten wirklich ein gut aussehender Mann!

Hat Ähnlichkeit mit Pierce Brosnan, geht es mir auf dem Nachhauseweg plötzlich durch den Kopf. Vom Typ her nicht ganz so smart und draufgängerisch wie der James-Bond-Mann, doch die Gesichtszüge ... Schon merkwürdig, die Sache mit den Genen, denke ich und unterdrücke ein Gähnen, während neben mir Irmtraud gut gelaunt das Kufsteinlied vor sich hin summt.

Das Weib sei dem Manne untertan

September 2005

»Wenn ich gewusst hätte, was für ein frauenfeindlicher Schmöker das ist, hätte ich mir lieber zwei Flaschen Rotwein schenken lassen«, blubbere ich durch die Sauerstoffmaske und hoffe, dass Barbara mich versteht. Ich liege in ihrem Behandlungszimmer auf einer Pritsche, atme hoch konzentrierten Sauerstoff und versuche mich jünger zu fühlen als noch vor einem Monat. Immerhin ist das schon die sechste Sitzung und entsprechend ihren Prognosen müsste ich inzwischen vor lauter Energie aus sämtlichen Nähten platzen. Im Moment platze ich aber höchstens vor Wut.

»Das hätte ich dir vorher sagen können«, lacht Barbara. »Die Bibel ist so ziemlich das frauenfeindlichste Buch, das je geschrieben wurde.« Barbara hat fast immer was zu lachen, obwohl sie im Grunde ein sehr ernsthafter Mensch ist. Auch sie ist schon ein älteres Semester, kann bereits auf zwei Ehemänner verweisen und hat auch darüber hinaus einiges erlebt. Bis Mitte dreißig war sie in der EDV-Branche tätig, hat dann aber mit großem Engagement und noch größerem Aufwand auf Naturheilkunde umgesattelt. Heute verdient sie ihr Geld damit, vor allem Frauen physisch und psychisch gesünder zu machen. Dazu bedient sie sich teilweise recht unorthodoxer Methoden, aber mit Erfolg.

»Anscheinend hat einem in jungen Jahren das Bewusstsein dafür gefehlt. Oder die Pfaffen haben in ihrer Predigt die sexistischen Details vornehm umschifft«, blubbere ich weiter. »Jedenfalls braucht man sich bei dieser Art von Gedankengut nicht zu wundern, dass Männer sich immer noch im Recht fühlen, wenn sie Frauen als zweite Garnitur betrachten.«

»Warum wolltest du überhaupt eine Bibel zum Geburtstag?«, will Barbara wissen. Sie ist ein durch und durch neugieriger Mensch und besitzt die Fähigkeit, alles spannend zu finden, Glatteis vor der Haustür inklusive.

»Ich wollte mich intensiver damit befassen. Ich dachte, dass einiges drinstehen könnte, was ganz vernünftig ist.« Dies entspricht sogar der Wahrheit, wobei »einiges« zugegebenermaßen übertrieben ist. Ich habe vor langer Zeit einen Spruch für mich entdeckt, der mir schon viel geholfen hat: »Ärgert dich dein rechtes Auge, dann reiße es aus ...« Mit Hilfe dieses Grundsatzes, der angeblich auch eine Bibelanleihe ist, trenne ich mich regelmäßig von unpraktischen Dingen, die mich nur Nerven kosten und mir die Laune verderben. Im Zweifelsfalle schenke ich sie weiter an Leute, die ich nicht leiden kann. Das Verfahren hat sich auf der ganzen Linie bewährt und in meinem Bekanntenkreis sogar Schule gemacht. Eine Freundin war von dem Spruch so begeistert, dass sie sich spontan ihres Lebensgefährten entledigt hat – ganz legal natürlich.

»Aber dass da so viel diskriminierendes Zeug drinsteht, hätte ich nie gedacht«, fahre ich fort. »Da packt dich ja schon das kalte Grausen, wenn du nur die Schöpfungsgeschichte liest. – Eva wurde erschaffen, weil Adam eine H i l f e brauchte! Da fällt dir doch nichts mehr ein! Und der Sündenfall war natürlich ihre Schuld, denn sie war diejenige, die ihrem Macker die verbotenen Äpfel zu essen gegeben hat. Dafür wurde sie auch angemessen bestraft. Lies mal, was ich in Kapitel 3 angestrichen habe.«

Barbara lacht schon wieder, während sie in der Bibel blättert. Ich konnte nicht umhin, dieses Machwerk mitzunehmen, als ich heute zu ihr fuhr. Nicht, dass ich es schon vollständig gelesen hätte, mitnichten, aber es wimmelt bereits von kleinen Notizzetteln und roten Strichen am Rand. Das Ganze sieht etwas pietätlos aus, aber das ist mir egal.

»Viel Mühsal bereite ich dir, sooft du schwanger wirst«, liest Barbara vor. »›Unter Schmerzen gebierst du Kinder. Du hast Verlangen nach deinem Mann; er aber wird über dich herrschen.‹« Sie schüttelt ihr silbergraues Haupt und grient: »Ja, da hast du schwarz auf weiß, wozu wir gut sind und wie die Rangordnung ist.«

»Absolut. Frauen tauchen in der Bibel sowieso nur als Gebärmaschinen oder Prostituierte auf.«

»Was steht denn hier? ›Abraham schickt seine Frau auf den Strich!‹ ›Abraham vergreift sich an seiner Magd.‹ Hannah, was schreibst du denn da für Sachen?!«

»Stimmt alles. Als er nach Ägypten zog, hatte er Angst, sie würden ihn einen Kopf kürzer machen. Also hat er seine ansehnliche Alte vorgeschickt, um den Pharao bei Laune zu halten. Das hat sie wohl auch, denn Abraham wurde für ihre Arbeit fürstlich belohnt. Du siehst, es lief damals schon wie heute. Und die Männer sind immer im Recht.« Ich rede mich richtig in Rage. »Außerdem haben die alten Chauvis schon damals alles gebumst, was nicht niet- und nagelfest war. Uns wollen sie heute weismachen, dass die Ehefrauen damit einverstanden waren, wenn sie keine Kinder kriegen konnten! So ein Schwachsinn! Warum hätte Abrahams Frau die schwangere Magd plötzlich schikanieren sollen bis zum Gehtnichtmehr, wenn sie Bescheid wusste und damit einverstanden war?«

Meine Interpretation löst bei Barbara einen Heiterkeitsausbruch aus. Sie ist klein und rundlich, alles an ihr fängt an zu beben. »Da kannst du natürlich recht haben. Was hast du denn sonst noch für hammerharte Sachen auf Lager? – ›Kinderprostitution‹, steht hier. – ›Kindesmissbrauch‹. Du meine Güte!«

»Das ist die Schote mit Lot und seinen Töchtern. Er hatte Besuch und der Mob von Sodom wollte ihm die Bude einrennen. Da hat dieser Sack doch tatsächlich seine beiden minderjährigen

Töchter zu Sexspielchen angeboten, wenn sie ihn und seinen Besuch in Ruhe lassen. ›Tut mit ihnen, was euch gefällt‹, soll er gesagt haben. Hast du noch Töne? Und der Verfasser hat noch die Dreistigkeit, in der Fußnote was vom heiligen Gastrecht im Alten Orient zu schreiben!«

»Da wird schon was dran sein«, meint Barbara und lacht ausnahmsweise nicht. »Wenn ich richtig informiert bin, ist es heute noch ein Zeichen besonderer Wertschätzung, wenn ein Mann im Orient seinem Besuch die Ehefrau anbietet.« – »Wertschätzung für den Besuch natürlich«, fügt sie eilig hinzu.

Einen Augenblick lang bleibt mir der Sauerstoff weg, dann habe ich mich wieder in der Gewalt. »Es gibt nichts, was es nicht gibt. – Und dann behaupten sie auch noch, dass die beiden Mädels ihren Vater abgefüllt und sich zu ihm ins Bett gelegt haben, um von ihm schwanger zu werden. Glaubst du so was?«

»Hört sich nicht sehr überzeugend an ...«

»Das stinkt doch förmlich nach Vergewaltigung! Wer keine Hemmungen hat, seine Töchter auf den Strich zu schicken, vergreift sich auch an ihnen. Das ist doch sonnenklar! Der hat sich die Birne zugeschüttet und dann nichts wie drauf. Und die stellen es genau umgekehrt dar.«

Barbara wirkt langsam etwas mitgenommen ob meiner drastischen Sicht- und Darstellungsweise, aber ich lasse nicht locker: »In solchen Geschichten stecken die Klischees von heute: Die Frau als Verführerin und Schlampe. Ist doch kein Wunder, dass Frauen auf verlorenem Posten stehen, wenn es um sexuelle Belästigung und dergleichen geht. Schon in der Bibel steht, dass sie an allem selber schuld sind!«

»›Die Erfahrungen des Weisheitslehrers‹«, murmelt Barbara vor sich hin, als sie weiterblättert. »›Kapitel 25, Männer und Frauen.‹ – Was ist das denn?«

»Auch so ein Klopper.« Ich erlaube mir ein gehässiges Kichern, aber durch die Sauerstoffmaske kommt es nicht richtig rüber. »Das solltest du mal ausführlich lesen. Dann weißt du, wie du dich verhalten musst, um deinen Mann glücklich zu machen!«

Barbara wiehert. »Ich hatte bis jetzt nicht das Gefühl, ihn unglücklich zu machen. ›Kein Zorn ist schlimmer als Frauenzorn ... Lieber mit einem Löwen oder einem Drachen zusammenhausen als bei einer bösen Frau wohnen ... Kaum eine Bosheit ist wie Frauenbosheit ...‹«

»Genau so. Jetzt weißt du's. Wenn deinem Mann die Knie zittern und er schlaffe Hände hat, dann ist das deine Schuld. Wenn ihm die Kräfte schwinden, ist das auch deine Schuld. Bedingungslos lieb, schweigsam und fürsorglich musst du sein. Du trägst die Verantwortung für sein Wohlergehen. Lies mal ein Stück weiter unten, wo es um gute und schlechte Frauen geht.«

Ich höre Barbara weiter murmeln. Dann: »»Eine gute Frau – wohl ihrem Mann! Die Zahl seiner Jahre verdoppelt sich. Eine tüchtige Frau pflegt ihren Mann; so vollendet er seine Jahre in Frieden ... Großer Verdruss ist eine trunksüchtige Frau; sie kann ihre Schande nicht verbergen ...‹«

»Und so weiter und so weiter. Das musst du dir mal in aller Ruhe reinziehen. Seitenlange Betrachtungen, was es für einen Mann bedeutet, an ruchlose, schamlose, freche, lüsterne, käufliche und was weiß ich nicht alles Frauen zu geraten. Was es für eine Frau bedeutet, ihr Dasein mit einem Stinkstiefel fristen zu müssen, steht nirgends!«

»Wahrscheinlich ist der Autor davon ausgegangen, dass es keine Stinkstiefel gibt«, meint Barbara. »Wie dem auch sei, glücklicherweise leben wir in einer Zeit, in der Frauen gelernt haben, sich nicht mehr alles gefallen zu lassen.«

»Wundert mich, dass so eine emanzipierte Frau wie du sich nach ihrer Scheidung erneut gebunden hat«, kann ich mir die Bemerkung nicht verkneifen. Unsereins darf ja auch mal neugierig sein.

»Och, so verbiestert bin ich auch wieder nicht. Eigentlich hab ich nichts gegen Männer. Ich bin auch mit meinem ersten Mann nicht im Bösen auseinander gegangen. Wir haben einfach nicht zusammengepasst. Er war ein humorloser, ungeselliger Knochen, und mit so jemandem wollte ich nicht schon mit Mitte dreißig den Rest meiner Tage verbringen. Außerdem hatte ich damals schon Eberhard kennengelernt, mit dem mir dieses Leben vielversprechender erschien.« Sie grinst ohne jedes Schuldbewusstsein.

»Na, so was! Noch eine ruchlose Frau!«, stelle ich mit Befriedigung fest.

»Barbara?!«, tönt es auf einmal im Treppenhaus. Die ruchlose Frau steht auf und trippelt an die Tür. »Was gibt's?«, ruft sie nach oben. Barbara und ihr Mann bewohnen eine Art Bungalow. Ihre Praxis hat sie im Souterrain, die privaten Räumlichkeiten befinden sich im Erdgeschoss.

»Ich geh dann mal«, vernehme ich eine männliche Stimme direkt vor der Tür des Behandlungszimmers.

»Was heißt hier: ›Ich geh dann mal‹?«, höre ich Barbaras ungehaltene Reaktion.

»Dienstagabend ist Herrenabend, falls du das vergessen haben solltest«, ist die Antwort.

»Das kann ja wohl nicht wahr sein!«, schimpft die ruchlose Frau. »Deine Mutter ist zu Besuch und du kannst nicht ein einziges Mal auf deinen Herrenabend verzichten??!!«

»Ich hab meine Mutter schon zwei Abende genossen. Heute hab ich Auszeit!« Der Herr des Hauses hört sich nicht sehr kompromissbereit an.

»Ach nee! Vielleicht kann ich mir was Schöneres vorstellen, als Gesellschafterin für Frau Halmer senior zu spielen. Außerdem wollte ich heute Abend die Mädels im Frauenhaus besuchen. Die haben ein paar gute Worte wahrlich nötiger als deine Mutter, der man sowieso nichts recht machen kann.«

»Du wolltest ins Frauenhaus? – Das kannst du auch ein andermal. Ich begreife sowieso nicht, warum du diesem Gesocks ständig deine Aufwartung machst. Bei den Flittchen ist doch alle Liebesmüh vergebens. – Bis später dann. Ich geb Bescheid, wann ich abgeholt werden möchte.«

Schritte entfernen sich. Als die ewig fröhliche Barbara wieder in Erscheinung tritt, ist sie weiß im Gesicht, ihr Mund ist nicht mehr als ein Strich.

»Könnte es sein, dass dein Alter zu oft in der Bibel liest?«, frage ich, ohne eine Antwort zu erwarten. »Wenn ja, würde ich mir an deiner Stelle Gedanken machen, was ich tun kann, damit die Zahl seiner Jahre sich nicht verdoppelt ...«

Ein vielversprechender Abend

September 2005

Was lange währt, wird endlich gut. Letzte Woche habe ich die Anzeige aufgegeben, die ich vor einigen Monaten anlässlich eines meiner Frust-Gespräche mit Christel aus dem Ärmel geschüttelt hatte. Die ganze Zeit hatte ich die Sache halbherzig vor mir hergeschoben. Aber nachdem meine sogenannte beste Freundin kurzerhand für vierzehn Tage nach Portugal entschwunden war, musste ich ja irgendwie die Zeit totschlagen. Da kann man sich zur Abwechslung auch mit ein paar Männern treffen.

Also sorgte ich dafür, dass in der Donnerstag-Beilage der Saarbrücker Zeitung auf der letzten Seite nicht nur die üblichen Traummänner zu haben waren, sondern auch ich:

Männerfreundliche Single-Frau (54/163/53) mit wenig Freizeit, aber viel Humor, sucht frauenfreundlichen Herrn zwecks gemeinsamer Gestaltung dessen, was vom Tage übrig bleibt. Frustrierte Ehemänner und Gigolos zwecklos.

Der erste Antwortbrief lag bereits am Samstag im Briefkasten. Anscheinend hatte da einer rund um die Uhr nichts Besseres zu tun, als auf Inserate zu schreiben. Und tatsächlich: Ein 45-jähriger Frührentner suchte nach großer Enttäuschung wieder eine liebe treue Partnerin, die ihn auf seinen langen Spaziergängen begleitet. »Bitte schreibe ganz schnell einige Zeilen, damit wir beide nicht mehr einsam sind«, hieß es da.

Ich schüttelte nur angewidert den Kopf, als ich den Brief ohne Zwischenlagerung zum Altpapier beförderte. Wenn man sich länger auf dem Parkett des Kontaktanzeigenmarktes bewegt, entwickelt man unweigerlich eine Aversion gegen diese Hornbausen, die auf alles schreiben, was weiblich und verfügbar ist, egal wie der Text der Anzeige lautet. Eine Frechheit! Nun gut, wenigstens ist man mit der Bearbeitung dieser Art von Fanpost schnell durch.

Anfang der Woche passierte nichts, aber heute, Mittwoch, fischte ich einen dicken Umschlag aus dem Briefkasten. Wahnsinn, mit so viel Interesse hatte ich gar nicht gerechnet! Spontan rief ich Karin an und fragte, ob sie nicht Lust hätte, mit mir zusammen die Post durchzusehen. Neugierig wie sie ist, konnte sie nicht Nein sagen. Hinzu kommt, dass sie ein professioneller Schnäppchenjäger ist: Wenn bei einer Aktion etwas preisgünstig abfällt – ob Strumpfhosen oder Männer –, ist sie sofort dabei. Ich habe damit auch keine Probleme, solange sie eigenverantwortlich die Folgen trägt.

Jetzt sitzen wir einträchtig und erwartungsfroh auf ihrer Wohnzimmer-Couch. Auf dem Tisch stehen zwei Gläser Merlot, ein Becher mit Käsestangen und eine kleine Schüssel Studentenfutter. Der Stapel Zuschriften liegt zwischen uns, zusammen mit einer Nagelfeile, die als Brieföffner dient.

Ich reiße den ersten Brief auf und reiche die Feile an Karin weiter. Das Schreiben entpuppt sich als Computerbrief, immerhin mit halbwegs ästhetischer Schrift – also nicht Arial – und integriertem Foto. Das Bild zeigt einen leidlich gut aussehenden Mann in mittleren Jahren mit ausgeprägter Stirnglatze, die durch einen Oberlippenbart und ziemlich viel Wolle im geöffneten Hemd ausgeglichen wird. Bisschen Machomäßig, das Ganze.

»Kannst du mir sagen, warum die Typen, die keine Haare mehr auf dem Kopf haben, immer beweisen müssen, dass sie woanders noch welche haben?«, frage ich Karin, während ich ihr das Foto zeige.

»Ich denke, du stehst auf Brustfell«, lacht sie. »Sei froh, dass er kein Unterleibsfoto geschickt hat. Heutzutage kann dir alles passieren.«

»Hallo, männerfreundliche Single-Frau«, lese ich. »Ihre Anzeige hat mir gefallen. Bin 53/180/70, vielseitig, lebenserfahren, Angestellter in einem Konzern usw. Alles weitere mündlich bei einem ersten Treffen.«

Wirklich äußerst informativ. Vor allem der Zusatz »usw.« beeindruckt mich immer wieder. Die Anrede lässt auf eine neue Form des Serienbriefs schließen, sozusagen mit individueller Note. Man schreibt »Hallo, charmante Sie« oder »Liebe jung gebliebene Romantikerin« und muss dann nur noch das Datum aktualisieren. Den restlichen Müll kann man stehen lassen und problemlos an zehn verschiedene Frauen verschicken.

»Willst du einen 62-jährigen Camper aus dem nördlichen Saarland?«, fragt Karin, während ich den Brief missmutig entsorge.

»Nein danke, zu alt und zu weit weg. Außerdem ist die Welt der Camper und Kleingärtner nicht die meine. Wär' das nichts für dich?«

»Vor zwanzig Jahren vielleicht, heute nicht mehr.«

Typisch. Die Ansprüche der Ossis haben sich ganz schön verändert.

Der nächste Brief erweist sich als lukratives Angebot eines »diskreten Zusammenschlusses von ausgesucht gebildeten, stilvoll und traditionell denkenden und entsprechend interessierten Damen und Herren«, in dem sich aufgrund der gemeinsamen Gesinnung zwanglos schon viele Partnerschaften ergeben haben. Ob ich an einer Kontaktaufnahme interessiert bin? Mitgliedsbeiträge werden nicht erhoben, aber seltsamerweise ist auf dem Briefbogen bereits eine Bankverbindung vermerkt. Sehr vertrauenerweckend. Ohne einen Gedanken zu verschwenden, zerreiße ich den Schrieb.

Aus der dritten Zuschrift purzelt mir ein Urlaubsfoto entgegen, das einem Neckermann-Katalog entnommen sein könnte. Eine braun gebrannte Gestalt räkelt sich bei strahlendem Sonnenschein am Rand eines Swimmingpools. Von der Anlage her tippe ich auf ein Drei-Sterne-Hotel auf Mallorca oder den Kanaren. Auch hier wieder ein Computerbrief.

»Hallo, liebe Unbekannte!«, lese ich. »Deine Anzeige war sehr mutig.« Komisch, fand ich gar nicht. Da stand doch nichts Unanständiges, oder? »Du hast bestimmt zahlreiche Zuschriften gekriegt. Was kann ich tun, damit du auf meine Zeilen reagierst? Bin Baujahr 51, bei sportlichen 72 Kilo auf 172 cm. Über einen Brief oder Anruf würde ich mich freuen.«

»Wirklich sehr originell«, konstatiere ich kopfschüttelnd, während ich Karin die Zuschrift zeige. »Damit lässt man jede Konkurrenz meilenweit hinter sich.«

Karin betrachtet zunächst mit Argusaugen das Foto. »Der sieht doch ganz nett aus!« Anschließend liest sie den Brief und zuckt mit den Schultern. »Mein Gott, was soll er viel schreiben? Ich find das gar nicht so übel.«

Erneut muss ich den Kopf schütteln, diesmal über Karin. Gehört sie etwa auch zu den Frauen, denen man fast alles vorsetzen kann? Ich greife wieder nach dem Stapel und der Feile: »Was soll's! Das Foto werde ich sowieso zurückschicken. Dann kann ich auch noch dazuschreiben, dass Alter und Gewicht keine Daten sind, auf die ich bevorzugt reagiere.«

Die nächste Zuschrift entpuppt sich als Notizzettel: »Hallo! Habe mit Interesse Ihr Inserat gelesen. Was stellen Sie sich denn so vor?«

»Arschloch!«, rutscht es mir heraus. »Warum schreibt er nicht, was er sich vorstellt?!« Manche Kandidaten haben eine unnachahmliche Fähigkeit, den Input zu minimieren!

»Wie wär's mit einem selbstständigen Handwerksmeister?« fragt Karin. »Kuck mal, das liest sich gar nicht so schlecht.«

Ich überfliege kurz die Zuschrift. Karin hat recht. Die Handschrift ist nicht übel und der Handwerksmeister hat sogar Deutsch gelernt. Überschäumend informativ ist auch dieser Brief nicht, macht aber ansonsten keinen schlechten Eindruck.

»Leg ihn auf die Seite«, sage ich. »Handwerker haben ihre Vorzüge und sind manchmal sogar erstaunlich gebildet.«

Mechanisch greife ich nach dem nächsten Bewerber. »Hallo, männerfreundliche Single-Frau!«, steht da. »Ich habe Ihre Annonce gelesen, und Ihre Angaben zu Ihrer Person haben mich sehr angesprochen. Deshalb möchte ich Ihnen ein paar persönliche Zeilen über mich schreiben.« Welch interessante Formulierung! »Ich möchte eine liebenswerte, gefühlvolle, gut aussehende, sympathische, intelligente Frau kennen lernen, um mit ihr zusammen eine harmonische Partnerschaft mit Niveau, Herz, Humor und Verstand aufzubauen.« Da muss sich einer in der Chiffre-Nummer vertan haben. Soll ja vorkommen. »Ich bin 54, ein sportlicher, jünger aussehender, attraktiver Mann, NR, 178 cm, schlank, geschieden, finanziell gut gestellt. Meine Hobbys sind Ski-Alpin, Tennis, Tauchen, Reiten, Cabriofahren, Verreisen, Kochen usw. usw. Habe mich im Laufe der Jahre zum Abteilungsleiter in der Vorstandsetage eines Autokonzerns hochgearbeitet und wohne in einer exklusiven Eigentumswohnung am Rande der Stadt. Über eine Nachricht von Ihnen würde ich mich freuen ...«

Ungläubig bis fassungslos führe ich mir den Tausendsassa – auf echt Büttenpapier, versehen mit allen denkbaren

Kontaktdaten inklusive Fax-Nummer und E-Mail-Adresse – erneut zur Gemüte, bevor ich den Brief an Karin weiterreiche: »Das ist der absolute Hammer. So einer wie der müsste theoretisch an jeder Hand zehn Frauen haben. Kannst du mir sagen, was das soll?«

Karin liest den Brief und ist ausnahmsweise meiner Meinung. »Da ist unter Garantie was faul. Und selbst wenn nichts faul wäre – so einer wär mir zu stressig. Hört sich nach Jetset-Lifestyle an. Sommerurlaub auf den Seychellen, Winterurlaub in Zermatt, Après-Ski inklusive. Zwischendurch vermutlich jede Menge Stehpartys, auf denen du im Cocktailkleid Häppchen reichen darfst und immer gut drauf sein musst. Nein danke. – Eigentlich komisch, dass er bei dem Anspruchsdenken nichts Jüngeres sucht.«

»Vielleicht gehen die Jüngeren irgendwann zu sehr ins Geld oder einfach nur stiften. Dieser Pfeife schreib ich jedenfalls einen heißen Brief zurück. Derart selbstgefälligen Kerlen muss man sagen, was man von ihnen hält.«

In hässlicher Vorfreude lege ich den Cabrio-Fahrer auf die Seite und öffne die nächste Zuschrift. Schon wieder ein Computerbrief, darin eingelegt ein Altherrenfoto. Der Abgebildete dürfte die Sechzig weit überschritten haben und hat Ähnlichkeit mit Sir Peter Ustinov als »Hercule Poirot«. »Guten Tag!«, lese ich. »Ihr Inserat hat mich vor ein Problem gestellt: Wie kann ich mich Ihnen objektiv schildern? Eine Kurzvita scheint mir dazu am besten geeignet. Im Rheinland geboren studierte ich nach dem Abitur Jura und ging anschließend in die Wirtschaft. Später gründete ich im Saarland und in Lothringen Betriebe, die chemisch-pharmazeutische Präparate auf biostethischer Basis herstellen ...« Ich glaub es nicht – bin ich ein potenzieller Arbeitgeber oder was? Mit einem unflätigen Ausdruck knülle ich die Zuschrift zusammen und werfe sie zielsicher neben den Papierkorb in der Essecke.

»Das gibt's nicht!«, kräht Karin auf einmal. »Michael, der Franzose! Der hat mir doch seinerzeit auch geschrieben. Du weißt doch – der Typ, wo sich beim Anrufen immer nur die Mailbox gemeldet hat!«

Ich blicke zu ihr rüber. Tatsächlich! An die schmierige Visage kann ich mich erinnern. Ich weiß noch, dass mir der Kerl nicht geheuer vorkam und ich ihr von einer Kontaktaufnahme abriet. Aber sie kam über den Anrufbeantworter sowieso nicht hinaus und der große Unbekannte rief nie zurück. Offenbar auch ein Dauerschreiber mit oder ohne System.

Das ist ja bis jetzt eine irre gute Bilanz! Lustlos lehne ich mich zurück und nehme einen Schluck Merlot, während Karin weiter Briefe aufschlitzt.

»Das hier ist doch auch nicht übel«, ruft sie. »Ein 63-jähriger Grafiker sucht eine nette Sie für den gemeinsamen Neuanfang.«

»Zu alt«, murmle ich, ohne überhaupt hinzusehen. »Über sechzig gehe ich nicht. Mein Bedarf an alten Knackern ist gedeckt. Und einen gemeinsamen Neuanfang suche ich auch nicht. – Warum krallst du ihn dir nicht?« Immerhin ist Karin ein paar Jährchen älter als ich und hat auch mehr Erfahrung mit gemeinsamen Neuanfängen. Da passt es schon eher.

»Hm, das wär zu überlegen. Wenn er am Telefon nett ist, könnte man ihn sich zumindest mal ansehen.«

»Tu das!« Ich reiße den letzten Brief auf – und bin überrascht: Er ist mit großzügigen, schönen Lettern von Hand geschrieben und ganze zwei Seiten lang. »Hallo, liebe Single-Frau!« steht da. »Hier schreibt ein frauenfreundlicher Single-Mann, der viel Humor und Charme besitzt und der gerne den Tag oder den Abend mit dir gemeinsam gestalten würde. Ich bin kein frustrierter Ehemann und auch kein Gigolo, sondern ein ganz normaler Mann mit Gefühl und Verstand. Dass du wenig Freizeit hast, macht mir nichts aus, da kann man dran arbeiten ... Ich heiße Antonio, bin nett und freundlich, meine Ausstrahlung ist warm und anziehend. Lern mich kennen und du wirst von mir bestimmt nicht enttäuscht sein. Ruf mich einfach an. Es wäre schön, deine Stimme zu hören und deinen Namen zu erfahren. Näheres können wir dann am Telefon besprechen. Nur Mut, es wird sich lohnen, sagt der Kopf, und dem Herzen tut es gut. Ich verbleibe mit schönem Gruß und sage Ciao Ciao, liebe Single-Frau.«

Ich bin geplättet: Der erste Brief, in dem der Schreiber auf meine Anzeige eingeht. Das gibt es also doch noch. Es wird doch nicht daran liegen, dass der Absender ein Italiener ist?! Was steht da unten? »PS: Ich bin 45 Jahre, 1,55 m, 50 kg.« Du lieber Himmel! Den Knaben muss man ja anheben, wenn man ihn küssen will! Wenigstens wiegt er nicht viel ...

Wortlos reiche ich den Brief an Karin weiter. »Wie süß!«, grient sie während des Lesens. »Wahrscheinlich ein niedlicher kleiner Pizzabäcker«, ist ihr Kommentar, als sie fertig ist. »Aber der Brief ist nicht schlecht. Schätze nur, der Typ ist zu emotional für dich. Vor allem, wenn sich so einer in dich verkuckt, dann geht es rund. Blumen, glühende Liebesbriefe und Amore ohne Ende. Und bei Gefallen gibt es die ganze Blase gratis dazu. Wer weiß, vielleicht kommst du auf diese Weise auf deine alten Tage noch zu ein paar Bambini ...« Sie kichert schadenfroh.

Zum ersten Mal in meinem Leben würde ich Karin gerne erwürgen. Stattdessen blicke ich frustriert auf den nicht mehr vorhandenen Stapel und greife mit einem tiefen Seufzer zur Flasche. Irgendwie hatte ich mir den Abend völlig anders vorgestellt ...

Mann ohne Leidenschaften

September 2005

In genau zehn Minuten treffe ich Reinhard. Reinhard ist einer von drei frauenfreundlichen Männern, die ich nach meinem ernüchternden Abend bei Karin wider meine bessere Überzeugung angerufen habe. Zuerst wollte ich die magere Ausbeute meiner Anzeige komplett versenken, aber dann dachte ich, dass man sich nichts vergibt, den einen oder anderen Bewerber doch zu kontaktieren. Schließlich ist es so ähnlich wie beim Lotto: Wenn man erst gar nicht mitspielt, kann man auch nichts gewinnen. Außerdem ist Papier geduldig, wie Christel zu sagen pflegt.

Und so machte ich am Freitag mit dem selbstständigen Handwerksmeister einen Anfang. Schließlich habe ich bekanntermaßen eine Schwäche für Blaumänner und der Brief war formal wie inhaltlich ganz manierlich: sympathische Schrift, keine Rechtschreibfehler, kein großkotziges Gewäsch. Da könnte ein ganz angenehmer Zeitgenosse dahinterstecken, der zudem mit 53 Jahren noch nicht pflegebedürftig ist – hoffentlich.

Obwohl der Handwerksmeister laut Zuschrift auch nicht viel Freizeit hat, war ich sofort erfolgreich. Am anderen Ende meldete sich eine Stimme, die sich zwar nicht nach Pflegefall anhörte, aber nach Ruhestand einschließlich unterbrochenem Mittagsschlaf: »Hallo?«

»Hallo! Hier spricht die männerfreundliche Single-Frau. Könnte es sein, dass Sie auf meine Anzeige geschrieben haben?«

»Ach so – ja ... Ach Gott, ja ....«

Geballte Leidenschaft, denke ich sofort. Ein Mann, der weiß, was er will.

»Erzählen Sie mir doch mal, was Sie sich vorgestellt haben,« ermuntere ich ihn.

»Mein Gott, was habe ich mir vorgestellt ....«

So läuft das nicht, geht es mir durch den Kopf. Ich übernehme das Ruder, indem ich selbst kurz skizziere, wozu ich einen Mann gebrauchen könnte und wozu nicht. »Wenn Sie eine Frau suchen, die Ihren Haushalt schmeißt, dann können wir es vergessen. Für so was bin ich nicht geeignet.«

»Ach Gott, nein ... Ich lebe schon länger alleine, für meinen Haushalt brauche ich keine Frau. Das kriege ich auch so geregelt.«

»Das ist gut. Und wozu brauchen Sie eine Frau?«

»Ach Gott, ja ... Wissen Sie, ich will ehrlich sein. Meiner Meinung nach passen Männer und Frauen von Natur aus überhaupt nicht zusammen. Irgendwie funktioniert das nicht auf Dauer. Aber ganz ohne Frau möchte ich nicht sein - und sei es nur für das Eine ...« Zum ersten Mal lacht er, aber auch das Lachen klingt seltsam leidenschaftslos.

»Machen Sie sich keine Sorgen, auch das Eine legt sich im Laufe der Zeit im wahrsten Sinne des Wortes«, versuche ich ihn zu beruhigen. Er lacht wieder, und ich habe den Eindruck, dass ihm die Vorstellung, was sich im Laufe der Zeit so alles legen könnte, wenig Kummer bereitet.

Es folgt ein bisschen Small Talk, dann frage ich ihn unvermittelt nach seinem Beruf: »Welches Handwerk üben Sie denn aus?«

»Ich bin Fliesenleger.«

»Fliesenleger??!!« Ich bin aufrichtig überrascht. »Mann, Sie hätte ich ein paar Wochen früher kennenlernen müssen!«

»Wieso?«

»Ich habe mein Gäste-WC renovieren lassen. Leider ist eine kleine Panne passiert. Ich wollte nämlich keinen Tiefspüler, sondern einen Flachspüler. Also werde ich den Sanitär-Menschen noch mal kommen lassen.«

»Was wollen Sie denn mit einem Flachspüler?!« Bilde ich es mir nur ein oder kommt auf einmal Leben in die dröge Stimme?

»Ich dachte, es wäre aus medizinischen Gründen sinnvoll.«

»Quatsch! Tiefspüler sind das Vernünftigste, was es gibt. Weniger ausladend, viel leichter sauber zu halten. Ich möchte nichts anderes mehr haben.« Donnerwetter, der hört sich auf einmal richtig resolut an.

»Und was machen Sie bei einer Vorsorgeuntersuchung?«, frage ich vorsichtig.

»Ach Gott, dass bisschen, was Sie da brauchen, das können Sie doch auch vom Toilettenpapier holen! Oder Sie holen es direkt vom Hintern, bevor es abfällt!«

Einen Augenblick verschlägt mir seine Antwort die Sprache – dann breche ich in unkontrolliertes Gelächter aus: »Uaaah, ich werd nicht wieder! Ein erstes Gespräch mit einem Mann, dem man vielleicht näher kommen möchte, und dann unterhält man sich über das, was vom Hintern abfällt. Echt klasse!«

Auch der Fliesenleger ist eine Sekunde lang sprachlos, dann stimmt er in mein Gelächter ein: »Da haben Sie eigentlich recht! Haha! Wirklich komisch! Haha!«

»Was meinen Sie«, quieke ich in den Hörer, »könnten wir uns bei einem Treffen mit genauso viel Engagement über Dinge unterhalten, die nicht vom Hintern abfallen?«

»Ach Gott, ja ... wir können es ja mal versuchen ...«

Und jetzt harre ich der Dinge, die da kommen. Es ist Sonntagnachmittag und ich warte an der Bushaltestelle auf eine »sympathische Erscheinung« in einem Pick-up. Immerhin hat der Mann ohne Leidenschaften versucht mich positiv einzustimmen. Er sei zwar kein Adonis, aber man könne sich mit ihm sehen lassen. »Vorzeigbar«, dachte ich mir bei der Ankündigung. Die Allround-Vokabel aller Inserenten, die signalisieren wollen, dass ihr Auftritt in der Bahnhofstraße die Fußgängerströme nicht umlenkt: Es läuft keiner weg, es läuft aber auch keiner hin.

Ich bin deshalb relativ gelassen. Seit meiner Begegnung mit dem Troll haut mich sowieso nichts mehr um. Um Punkt 16.30 Uhr fährt ein schnittiges Auto vor, silber-metallic, zwar mit Ladefläche, aber ansonsten gar nicht die Art von Baustellenfahrzeug, die ich erwartet hatte. Die Beifahrertür wird aufgestoßen und ich registriere innerhalb einer Sekunde, dass es Männer gibt, die es nicht nötig haben, ihre Vorzüge zu vermarkten.

Ich lasse mich auf den Sitz plumpsen und begutachte den Fliesenleger ungeniert. Neben mir sitzt zu meiner Verblüffung ein für sein Alter erstaunlich gut erhaltenes, sehr gepflegtes Exemplar der männlichen Gattung, das genauso gut zu einem Foto-Shooting für ein Textilunternehmen unterwegs sein könnte: schwarze Jeans, weißes Hemd mit hellgrünem Pullunder, schiefergrauer Cordblazer. Sportlich-lässige Mode für den Herrn ab fünfzig. Der Inhalt der Verpackung kann sich auch sehen lassen: Reinhard ist schlank, aber kräftig – nicht verkehrt, wenn man bei einem Mann nicht ins Leere greifen will –, hat volles Haar und freundliche, wenn auch etwas wässrige blaue Augen. Als er lächelt, entblößt er das strahlende Produkt perfekter Zahntechnik.

Ich bin mehr als überrascht und zugleich verunsichert. Einerseits freue ich mich über das Kontrastprogramm zu dem Troll, vor allem auch zu der Altherrenstimme am Telefon. Andererseits muss etwas faul sein, wenn so ein Mann noch auf dem Markt ist. Als wir fünf Minuten später im Stadtwald aussteigen – wir hatten uns zu einem Spaziergang verabredet –, habe ich den Schock überwunden und bin entschlossen, aus meinem Herzen keine Mördergrube zu machen.

»Sie sind ja eine richtig ansehnliche Gestalt«, eröffne ich das Gespräch. »Ich verstehe gar nicht, dass so jemand wie Sie auf eine Annonce schreiben muss, um eine Frau zu finden.«

»Ach Gott, ja ...« Die Stimme ist immer noch die eines Ruheständlers am Ende seines Lebensweges. »Was soll ich dazu sagen? – Wahrscheinlich bin ich etwas komisch ...«

Gar nicht schlecht. Spricht für Selbstkritik. Die meisten Menschen finden immer nur andere komisch und sich selbst völlig normal.

»Außerdem habe ich Ihnen schon am Telefon gesagt, dass ich der Meinung bin, Männer und Frauen passen im Grunde nicht zusammen.«

»Können Sie mir das erklären?«, hake ich nach.

»Ach Gott, ja ... Männer denken halt wie Männer und Frauen denken wie Frauen. – Eigentlich sollten sich Mann und Frau nur zur Fortpflanzung zusammentun, alles andere bringt nichts.«

Hört sich nach schlichtem Weltbild an. Ich verzichte auf den Wunsch nach weiterer Präzisierung, weil ich nicht irgendwann zu der Sorte Frau gehören will, die nur das Tier im Manne sieht. Stattdessen ermuntere ich ihn, von den privaten Höhen und Tiefen in seinem Leben zu erzählen, die er in seiner Zuschrift angedeutet hatte.

Die Frage ist ihm nicht im Mindesten unangenehm. Mit leidenschaftlos-wässrigem Blick berichtet er von seinen drei Frauen. Er ist zwei Mal geschieden und ein Mal verwitwet. Kinder: keine. Die beiden ersten Ehen haben nur wenige Jahre gehalten – nun ja, er hat früher viel und lange im Ausland gearbeitet, das tut einer Ehe wahrscheinlich nicht so gut –, die dritte Frau hat sich totgesoffen. Aber das ist alles schon eine gute Weile her.

»Es funktioniert einfach nicht auf Dauer!«, sagt er mit Nachdruck. »In meinem ganzen Bekanntenkreis – egal, wo man hinsieht, es funktioniert nirgends. Nach ein paar Jahren ist immer die Luft draußen.«

Obwohl mich leises Unbehagen beschleicht und ich gerne eine provozierende Bemerkung machen würde, halte ich den Mund und höre weiter zu.

»Da heißt es immer, man muss an einer Beziehung arbeiten! Ja, ich frage Sie: Woran arbeitet man da?« Schließlich eine wegwerfende Handbewegung. »Vielleicht ist mir die Richtige auch nie begegnet, keine Ahnung.« Er zuckt mit den Schultern und lächelt mich wieder freundlich-wässrig an.

An diesem Gefühlspaket haben sich wahrscheinlich alle die Zähne ausgebissen. Vielleicht hat die Letzte vor Frust angefangen zu saufen.

»Meine erste Frau ist mit dem Messer auf mich los!«, erzählt er mit ausdrucksloser Miene und zeigt auf seinen rechten Arm. »Ich weiß bis heute nicht, warum.«

Die wollte sicher austesten, ob sie es mit einem Menschen oder einem Zombie zu tun hat. Vermutlich ohne Erfolg. »Na ja«, sage ich schließlich. »Heute sind Sie in einem Alter, wo es sich für Sie wohl wirklich nicht mehr lohnt, an einer Beziehung zu arbeiten.« Er lächelt mich ob dieser Bemerkung dankbar an. »Schätze, Sie werden irgendwann Ihr Dasein in einer Senioren-WG fristen.«

Das Stichwort scheint ihm zu gefallen, denn es kommt Leben in den wässrigen Blick. Ja, darüber hat er sich in der Tat schon seine Gedanken gemacht. Er hätte tolle Ideen, wie man eine Anlage so gestalten könnte, dass sie für ihre Bewohner mit einer gewissen Lebensqualität verbunden ist. Ein Standort in einem schönen Park wäre ideal. Es müsste großzügig konzipierte Gemeinschaftseinrichtungen geben, aber auch genügend Rückzugsmöglichkeiten für den Einzelnen, damit man sich nicht auf der Pelle sitzt. Die Finanzierung steht zwangsläufig einem anderen Blatt.

Die sanitäre Ausstattung wäre bestimmt perfekt, denke ich. Behindertengerecht mit jeder Menge Tiefspülern. Und die Rückzugsmöglichkeiten sind wahrscheinlich das Wichtigste.

Er selbst hätte Spaß an einem alten Bauernhof mit Pferden und ein paar Ziegen. Ziegen? Ja, kleine braune Ziegen. Das sind doch putzige Tiere mit einem richtig schönen Fell. Er simuliert mit leuchtenden Augen eine Streichelbewegung, die jede normale Frau erröten lassen würde. Gott sei Dank bin ich nicht normal. Aber die Arbeit darf man natürlich nicht unterschätzen. Und mit der Geruchsbelästigung ist das auch so eine Sache.

Als das Gespräch über Senioren und Ziegen versickert, frage ich ihn, ob er alleine arbeitet oder einen Betrieb hat.

»Ich hatte mal einen Betrieb, aber das war nur Stress«, ist die Antwort. »Die ganze Koordination und der Ärger, wenn es Pannen gibt, weil die Leute nicht so schaffen, wie man sich das vorstellt. Man kriegt ja heutzutage kaum noch gutes Personal. Sie kennen doch die Null-Bock-Generation! Und mit so was muss man sich dann rumärgern. Als ich den Betrieb hatte, hatte ich fast jedes Wochenende Migräne. Das ist alles vorbei, seit ich alleine arbeite. Mir geht es heute so gut wie schon lange nicht mehr.«

Glaube ich ihm gerne. Der sieht wahrlich nicht so aus, als würde es ihm schlecht gehen. Und am Hungertuch nagt der unter Garantie nicht ...

Wie zur Bestätigung fährt er fort: »Finanziell bin ich abgesichert. Ich nehme nur noch Aufträge an, die mir Spaß machen. Wenn mir ein Kunde von vornherein unsympathisch ist, setze ich den Kostenvoranschlag so hoch an, dass ich den Auftrag nicht kriege. Oder ich vergesse einfach, ein Angebot zu machen.«

»Jetzt kenne ich wenigstens den Grund für die Vergesslichkeit von Handwerkern«, sage ich etwas spöttisch, und er lacht schuldbewusst.

»Am liebsten arbeite ich in unbewohnten Häusern«, erzählt er weiter. »Da hat man seine Ruhe.«

Der stressfreie Lebensplan: Keine Ehefrauen, keine Angestellten, keine Kunden – nur Pferde und kleine braune Ziegen. Wenigstens hat eine höhere Macht dafür gesorgt, dass er sich nicht fortgepflanzt hat. Solche Menschen sollten wirklich keine Kinder haben.

Unser Spaziergang vollzieht sich in rekordverdächtiger Geschwindigkeit und ein unauffälliger Blick auf die Uhr zeigt mir, dass wir in zwanzig Minuten schon wieder am Auto sind. Ich versuche deshalb, mich auch noch ins Spiel zu bringen: »Unsere Runde ist bald zu Ende. Wenn es irgendetwas gibt, was Sie über mich wissen wollen, dann fragen Sie!«

Kurzes Schweigen. Dann: »Ach Gott, ja ... Was arbeiten Sie denn so?«

Ausgerechnet die unangenehmste aller Fragen. Ich hasse es, wenn ich mich als Staatsdiener outen muss. Ich lasse vorsichtig durchblicken, dass ich einen politiknahen Verwaltungsjob habe. Aber das Stichwort »Politik« reicht schon aus, um weitere Nachfragen zu unterbinden und eine Tirade über Ausländer in Deutschland auszulösen. Alles Gesindel! Na gut, nicht gerade die, die in den Sechzigern als Gastarbeiter gekommen sind. Aber was uns da in den letzten zwanzig Jahren als Asylanten überschwemmt hat, ist doch wirklich das Letzte. Und vor allem die Moslems! Die mit ihrer ständigen Beterei. Alles Verbrecher! Da sitzt die Kriminalität in den Genen! Und die Politiker schaffen es nicht, dieses Problem in den Griff zu kriegen. Er kann das Wort »Integration« schon nicht mehr hören!

Die Erleichterung, keine näheren Auskünfte über meinen Job geben zu müssen, weicht der Enttäuschung über das fruchtlose Gespräch. Aber war es je anders? Der Spaziergang ist jedenfalls zu Ende und ich steige wortlos in den Pick-up.

Als er mich an der Bushaltestelle absetzt, suche ich nach ein paar unverbindlich höflichen Worten: »War nett, dass Sie sich die Mühe gemacht haben, nach Saarbrücken zu kommen. Ich schlage vor, dass ich erst die Kandidatenliste abarbeite. Dann sehen wir weiter.«

»Ja, machen Sie das.« Er schenkt mir einen letzten wässrig-freundlichen Blick. »Ich kenne Sie ja jetzt. Sollten Sie noch mal anrufen, weiß ich, mit wem ich es zu tun habe.«

Ein vitaler Totengräber

Oktober 2005

Nur wenige Tage nach der denkwürdigen Begegnung mit dem Mann ohne Leidenschaften erhielt ich einen Anruf von Kurt. Das war der mit dem Neckermann-Foto. Seine wenig informative Zuschrift hatte mich nicht über Gebühr angemacht, aber sie war freundlich gehalten und mit einem kompletten Absender versehen. Also schickte ich das Foto zurück, zusammen mit ein paar eher abschlägigen Zeilen und meiner Telefonnummer, falls er immer noch Interesse haben sollte.

Ob er wirklich Interesse hatte oder einfach nur neugierig war, weiß ich nicht. Seine Motivation reichte jedenfalls aus, um anzurufen und am Telefon eine halbe Stunde lang zu monologisieren. Offenbar wollte er die Lücken füllen, die der Brief auf seine Person bezogen hinterlassen hatte. Am Schluss schlug er für den nächsten Tag ein Treffen um die Mittagszeit in der Innenstadt vor und ich willigte ein. Ist gar nicht so schlecht, dachte ich. Da ist der Zeitrahmen wenigstens abgesteckt, weil jeder zurück zur Arbeit muss.

Als ich tags drauf um 12.00 Uhr das »Schnokeloch« betrat, war ich denkbar entspannt. Einen Vorteil haben Fotos doch: Man weiß ungefähr, was optisch auf einen zukommt, sofern die Bilder nicht gerade zwanzig Jahre alt sind. Im Falle von Kurt war das Neckermann-Bild noch halbwegs zeitgemäß, denn ich erkannte ihn sofort und steuerte zielstrebig seinen Tisch an.

»Hallo Kurt!«

»Hallo Hannah!«

Die Kontaktaufnahme ist zwanglos und unkompliziert, aber blutleer. Das muss an der Ausstrahlung dieser ausgemergelten Gestalt liegen. Kurt ist sehr viel hagerer, als ich ihn mir vom Bild her vorgestellt hatte – entweder hat er mit den sportlichen 72 Kilo geschummelt oder er ist inzwischen vom Fleisch gefallen –, alles an ihm wirkt eingesunken: Augen, Wangen, Brust. Er trägt Jeans und ein kariertes Arbeitshemd, das er nicht ansatzweise ausfüllt. Außerdem einen Drei-Tage-Bart, der ihn heruntergekommen aussehen lässt. Zur Begrüßung schenkt er mir einen höflichen, aber freudlosen Blick.

Wahrlich nichts, was einen vom Hocker reißt. Karin wäre in Gedanken schon beim nächsten Kandidaten, denn untergewichtige Männer sind ihr ein Gräuel. Sie will was zum Knuffen und steht auf Bauch. Von daher ist es mir übrigens schleierhaft, wie sie das Vierteljahr mit meinem Ex durchgestanden hat. Auch für ihn war nur ein dünner Mann ein wahrer Mann. »Ein guter Hahn wird selten fett«, pflegte er mit bedeutungsvollem Grinsen zu sagen. Trotzdem wäre mir ein Hahn, an dem man sich keine blauen Flecken holt, lieber gewesen.

Wir werfen einen kurzen Blick auf die Speisekarte und bestellen beide einen Flammkuchen, einmal mit Colabier, einmal mit Rotwein. Während wir auf das Essen warten, nimmt Kurt mit leiser, monotoner Stimme das Gespräch vom Vorabend wieder auf. Offenbar fühlt er sich immer noch gehalten, die Lücken zu füllen, die sein Brief hinterlassen hat.

Freimütig gibt er zu, bis zu seinem 40. Lebensjahr – er ist heute 54 – im Hotel Mama gewohnt zu haben. Das musste wohl so kommen, denn sein Vater ist früh gestorben und da hat er sich verpflichtet gefühlt, für seine Mutter und die jüngeren Schwestern den Mann im Hause zu spielen. Dadurch hat er kein gesundes Verhältnis zu Frauen entwickelt. Frauen waren immer etwas, wofür er sorgen musste, worum er sich kümmern musste.

»Das habe ich auch gemacht, als ich mit vierzig geheiratet habe«, erzählt er. »Meine Frau kam aus dem Osten und war zweiundzwanzig Jahre jünger. Da konnte ich meine Rolle beibehalten.«

Hört sich verdächtig nach Therapiefall an. Aber ich lasse ihn weiter reden, denn das tut er offensichtlich gerne.

»Am Anfang war es ganz okay. Wahrscheinlich hat sie eine Art Vaterfigur gesucht. Aber nach acht Jahren kam sie mit der Situation nicht mehr zurecht. Da war sie es leid, bevormundet zu werden. Sie wollte selber Entscheidungen treffen.« Er lächelt leise und verständnisvoll vor sich hin. »Ich habe das alles in vielen Gesprächen aufgearbeitet und auch begriffen.«

Wusste ich es doch!

»Wir haben uns aber gut arrangiert. Mein Sohn ist heute neun Jahre alt. An drei Tagen in der Woche ist er bei mir, die restliche Zeit ist er bei seiner Mutter. Sie ist schon längst wieder verheiratet, aber wir verstehen uns immer noch gut.«

Das mit dem Sohn sei übrigens mit ein Grund, weshalb er auf meine Anzeige geantwortet habe. Der Junge nimmt einen guten Teil seiner Zeit in Anspruch und deshalb braucht er eine Frau, die dafür Verständnis hat und ihrerseits keine überzogenen Forderungen stellt.

Ich erlaube mir beiläufig die Frage, wieso er gleichzeitig zwanzig Jahre drauflegen will. Aus welchen Gründen auch immer bin ich nach wie vor dem Klischee verhaftet, dass Männer grundsätzlich jüngere Frauen wollen. Vor allem wenn sie es schon gewöhnt sind ...

Er schüttelt sanft den Kopf. Nein, er will bei einer Frau nicht mehr in die Vaterrolle schlüpfen. Eine neue Freundin kann ruhig eine ebenbürtige Partnerin sein. Außerdem will er keine weiteren Kinder. Das Thema Familie hat sein Leben lange genug bestimmt. Davon will er nichts mehr wissen.

Lustlos knabbert er an seinem Flammkuchen, der schon längst kalt sein muss. Versonnen starrt er vor sich hin. »Im Grunde weiß ich gar nicht so recht, was ich will. Darüber sollte ich mir vielleicht noch Gedanken machen.«

Ich schätze, da ist er noch eine Weile beschäftigt. Das Gespräch lässt mich seltsam unbeteiligt. Aber das muss daran liegen, dass der Mann nicht an mich geht. Die geierhafte Gestalt, der nach innen gekehrte Blick – kann der Kerl überhaupt lachen? Wie so jemand sich drei Tage in der Woche mit seinem neunjährigen Sohn vergnügen soll, oder besser gesagt: der Sohn mit ihm, ist mir ein Rätsel.

Als der Gesprächsstrom versiegt, frage ich nebenbei nach seinem Beruf und erfahre, dass er schon in Rente ist. Er hat früher in der Kraftwerkstechnologie gearbeitet und hatte das Glück, in ein Programm hineinzurutschen, das ihm bei guten Bezügen den vorzeitigen Ausstieg ermöglicht hat. Aber ganz auf der faulen Haut liegt er noch nicht. Seit seine Mutter vor zwei Jahren an Krebs gestorben ist, arbeitet er einen Tag in der Woche ehrenamtlich im Hospiz. Alle Hochachtung! Aber hat er vielleicht deshalb die Aura eines Totengräbers?

Als wir bezahlt haben, vertagen wir uns auf unbestimmt. Ich gebe freimütig zu oder vor, dass ich noch andere Kandidaten zu begutachten habe und außerdem demnächst in Urlaub fahre. Er gibt zu oder vor, sich noch Gedanken machen zu müssen über die Qualität der Beziehung, die er anstrebt.

»Wir bleiben in Kontakt«, sind seine letzten Worte, und da ich mit unverbindlichen Formulierungen vertraut bin, hake ich die Geschichte ab.

Und ausgerechnet heute, knapp anderthalb Wochen später habe ich ihn wieder an der Strippe. Es ist 20.15 Uhr. Ich habe einen Arbeitstag einschließlich Fitness-Studio hinter mir und noch nichts gegessen. Manchmal sollte man wirklich überlegen, bevor man ans Telefon geht – oder sich doch einen Anrufbeantworter zulegen. Aber wenigstens hatte ich schon ein Glas Wein in der Hand, als ich den Hörer abnahm.

»Hallo Hannah! Hier ist der Kurt. Mann, du bist ja schwerer zu erreichen als der Kaiser von China.«

»Daran siehst du wenigstens, dass ich in meiner Anzeige nicht gelogen habe, von wegen wenig Freizeit.«

»Ist schon in Ordnung. Tjaaa ... Ich hatte dir ja gesagt, dass ich noch mal nachdenken würde, was ich überhaupt suche.«

»Richtig. Und was ist dabei herausgekommen?«

»Du weißt ja, dass ich immer Probleme hatte, zu Frauen eine normale Beziehung aufzubauen ...«

Nicht schon wieder! Noch eine Therapiestunde verkrafte ich heute nicht. Außerdem habe ich Hunger.

»Ich hatte vorwiegend Kontakt zu Frauen, für die ich Verantwortung übernehmen musste. Das will ich nicht mehr ...«

Ich nuckle schweigend an meinem Rotwein, während ich mir erneut die Schote von Muttern und der Ossi-Tante anhören muss. Manche Typen kommen doch nie zu Potte!

» ... jedenfalls bin ich zu dem Ergebnis gekommen, dass ich im Moment nur eine erotische Beziehung will.«

Mein Gott, Walter! Um mir das zu sagen, braucht der Kerl eine halbe Stunde. Das schafft doch jeder normale Mann in zwei Minuten! Die meisten beschränken sich darauf, die Hose runterzulassen, und dann wissen die Frauen auch Bescheid. Aber am Telefon geht das natürlich nicht so gut ...

»Weißt du, ich will mich nicht wieder verplanen lassen. Ich hatte ja nach meiner Ehe längere Zeit eine Beziehung zu einer Frau.«

»Ach, und das hat nicht funktioniert?«

»Die war geschieden und wollte auch nur wieder einen Mann für ihre Kinder. Darauf hab ich keinen Bock.«

»Dass geschiedene Frauen ihren Kindern noch mal einen Vater geben wollen, finde ich durchaus legitim.«

»Kann sein. Aber dafür will ich nicht mehr herhalten. Ich hab an meinem Sohn genug. Und alle Nase lang den Klempner oder Monteur zu spielen, wenn was in der Wohnung ansteht, hab ich auch keine Lust. Wer bin ich denn?«

»Och, einen Klempner kann man immer brauchen.«

Nein, den Hausmeister spielen gehört im Moment nicht zu seinen Prioritäten, stellt er klar. Er sucht eine sexuelle Beziehung. Und unter dem Aspekt ist es auch nicht schlecht, dass ich zwanzig Jahre älter bin als seine geschiedene Frau, denn ältere Frauen haben mehr Erfahrung. Von denen kann man noch was lernen.

Das ist ja wohl die Härte! Ich atme tief durch und bin drauf und dran, ihm diverse Etablissements in der Brebacher Landstraße zu empfehlen. Dort arbeiten jede Menge Frauen mit langjährigen sexuellen Erfahrungen, von denen man noch was lernen kann. Bei denen geht man auch keinerlei Verpflichtungen ein, man muss sie für ihre Erfahrungen nur bezahlen.

Doch ich bin wieder einmal zu anständig. Außerdem sind diese Typen, die sich ständig auf dem Psycho-Trip befinden, ja so sensibel. Da muss man aufpassen mit dem, was man sagt, sonst liegen sie gleich wieder auf der Couch.

Aber es gibt noch andere Methoden, die Meinung zu sagen. Vornehme und weniger vornehme.

»Rein erotische Beziehungen sind auch nicht so das Wahre«, sage ich freundlich. »Nichts läuft sich schneller tot als Sex pur. Außerdem schützen auch solche Beziehungen dich nicht davor, verplant zu werden. Und Ansprüche gibt es da auch.«

Das reicht schon, um ihn zu verunsichern. »Meinst du?«, fragt er vorsichtig.

»Klar! Das läuft nicht so wie im Film, wo die Leute sich jedes Mal die Kleider vom Leib reißen, wenn sie sich sehen. Wenn du dich durch die ganze Wohnung gevögelt und die ganze Palette von Verrenkungen hinter dir hast, wird die Sache schnell langweilig. Dann musst du dir schon was einfallen lassen ...«

Betroffenes Schweigen. Ich wusste doch, dass mein unwissenschaftlicher Umgang mit dem Thema Sex ihm den Mund stopfen würde.

»Und wenn du die Löcher alle durch hast und nur noch in der Besenkammer pimpern sollst, weil deine Freundin den Anblick von toten Spinnen geil findet, ist es mit der Leidenschaft möglicherweise schnell vorbei.«

Anhaltendes Schweigen. Wer sagt's denn? Für jeden Klotz findet sich ein Keil ...

»Ich hatte mal so eine Beziehung. Mein Partner damals hat sich schon nach kurzer Zeit beschwert. Er fühlte sich zum Sexualobjekt degradiert.« Ich kann mich auch gehobener ausdrücken.

»Tatsächlich?!«

»Das kannst du ruhig glauben. Aber wir können das Thema gerne vertiefen, wenn du möchtest. Wir können noch mal in der Mittagspause zusammen essen gehen und die Sache diskutieren. Da hat vielleicht der Nebentisch auch noch was davon. Haha!«

Kurt ist auffallend still geworden. Schließlich findet er die Sprache wieder: »Weißt du was, Hannah? Ich schlage vor, dass du in Urlaub fährst. Wenn du zurück bist, telefonieren wir. Einverstanden?«

»Einverstanden.«

Wetten, dass sich die Geschichte erledigt hat?

Im Reich der Dinkelsuppe

Oktober 2005

Sollte ich die nächsten zwei Wochen überleben, werde ich von meinem Vorgesetzten Schmerzensgeld oder eine Beförderung verlangen, jawohl. Schließlich war er es, der gemeint hat, dass ein Entschlackungsaufenthalt in der Schönwald-Klinik der reinste Jungbrunnen sei.

Dass ich nicht lache! Ich bin jetzt vier Tage hier, aber von jünger werden kann keine Rede sein. Im Großen und Ganzen hat sich bisher nur der gegenteilige Effekt eingestellt. Kein Wunder bei dieser grauenhaften Ernährung! Dass es nur vegetarische Kost geben würde und das Thema Alkohol gestrichen ist, war mir klar. Aber dass man zum Frühstück noch nicht einmal eine anständige Tasse Kaffee bekommen würde, übertraf meine schlimmsten Befürchtungen. Morgens, mittags, abends immer nur diese Labberbrühe genannt Kräutertee, bei der bezeichnenderweise nur der Geruch darüber Aufschluss gibt, ob es sich um Tee oder Wasser handelt! Ganz zu schweigen von dem besonderen Schmankerl Dinkelsuppe – eine undefinierbare, farblose, geschmacklose Pampe, die das Frühstückserlebnis vollends zum Albtraum werden lässt.

Aber ich will mich nicht beklagen. Schließlich bin ich haarscharf an der Katastrophe vorbeigeschrammt, die da heißt Mayr-Kur. Sie steht für totale Entgiftung und umfassenden Gewichtsverlust, verursacht durch drei trockene Brötchen und einige Esslöffel Milch am Tag. Genau das Richtige für eine Frau mit Kleidergröße 36! Gott sei Dank hatte der Klinikleiter ein Einsehen mit mir und so ging wenigstens dieser Kelch an mir vorüber.

Trotzdem habe ich inzwischen, wie mir der morgendliche Blick in den Spiegel zeigt, dank gesunder Vollwertkost und diverser therapeutischer Anwendungen zur tiefgreifenden Entsäuerung Ähnlichkeit mit einer misslungenen Quarkschnitte. Einziger Trost: Den anderen geht es auch nicht besser. Vor allem die Mayr-Kandidaten altern im Zeitraffer. Ein zu Beginn der Kur noch ganz ansehnlicher Schwabe am Nebentisch sieht nach zwölf trockenen Brötchen bereits so alt aus, wie er ist. Wenn Fastenbrechen angesagt ist, fällt er wahrscheinlich aus dem Trainingsanzug und erreicht sein Zimmer nur noch mit dem Lift.

Auch das berühmt-berüchtigte Thema Kurschatten eröffnet keine Perspektiven. Die Männer sind deutlich in der Minderzahl, außerdem haben die meisten ihre Frau dabei. Typisch, noch nicht einmal einen Kuraufenthalt kriegen die alleine gebacken! Oder müssen die Frauen etwa auf sie aufpassen ...?

Der einzige Lichtblick ist meine Tischbesetzung: Zwei nette Weiber mittleren Alters, unterschiedlich wie Tag und Nacht, aber jede auf ihre Art für einen Lacher gut. Zu meiner Rechten sitzt Gina Braukmann aus Ludwigshafen, eine alterslose kaffeebraune Schönheit, importiert von den Kapverdischen Inseln. Auch sie macht kein Hehl daraus, dass sie sich das Ambiente anders vorgestellt hat. Ist auch verständlich, denn von ihrer Optik und ihrem Temperament her würde sie besser auf eine Samba-Party in Rio de Janeiro passen als in eine Kurklinik im Harz. Ihr gegenüber sitzt Helga Becker aus dem hohen Norden, eine schlaksige, herbe Öko-Frau mit sparsamer Mimik und trockenem Humor. Sie scheint sich in dem spartanischen Umfeld ganz wohl zu fühlen, wenngleich sie immer wieder durchblicken lässt, dass 80 Euro am Tag für drei trockene Brötchen doch etwas happig sind. (»Eigentlich unverschämt, ist doch so, oder?«) Nun gut, dank ihrer Statur ist auch sie von Mayr verschont geblieben und die »normale« Kost erlaubt durchaus einen Nachschlag.

Sowohl die rassige Kapverde-Frau als auch die spröde Dame aus Niedersachsen sind, wie sich nach und nach herausstellt, für männerfeindliche Gespräche überaus empfänglich. Ich habe auch nichts anderes erwartet. Bei jeder Frau, egal wie glücklich sie ist, tun sich ein paar Abgründe auf, wenn man näher hinsieht. Gina, stets in papageienhaft buntem Outfit und mit einer schrillen Spange im krausen Haar, ließ anfänglich keine Gelegenheit aus, von ihrem Franz zu schwärmen. Ein echter Löwe, der seine Frau auf Händen trägt! Jeden Tag kriegt sie Post von ihm, und das nach fast dreißig Jahren Ehe! »Ich bin immer noch sein Schätzel«, erzählte sie am ersten Abend mit seligem Lächeln. »Er würde alles für mich tun.«

Mit dieser Einschätzung lag sie allerdings gründlich daneben, denn sie wollte die Kur nach wenigen Tagen abbrechen, aber ihr Mann hat sich geweigert sie abzuholen. Kein Wunder, denn ein echter Löwe hat seine Prinzipien. Sie war es doch, die wegen ihrer chronisch trockenen Augen diesen Gesundheitstrip unbedingt wollte! Da zieht man doch nicht gleich den Schwanz ein, wenn es statt Live-Entertainment nur Körnerfutter und schmerzhafte Spritzen in den Hals gibt!

Seither lässt Gina sich auch und gerne über die Schwächen ihres Mannes aus. Maßlos ist er, jawohl. Sein unkontrollierter Umgang mit Essen und Trinken hat ihn schwer auseinandergehen lassen. Nichts ist mehr übrig von dem flotten Studenten, den sie vor dreißig Jahren in Genf kennengelernt hat! Noch nicht mal die Haare. Und ein schlapper Tänzer ist er auch. Mit Bitterkeit im Blick drückt Gina ein kühlendes Gelkissen auf ihre Blutergüsse, während sie die dunklen Seiten ihres Mannes beleuchtet.

Ihre große Liebe war er sowieso nicht. Der große Schwarm war ein Nachbarjunge, auf den sie in jungen Jahren ganz verrückt war. Leider war er nicht standesgemäß und deshalb hat ihr Vater sie in ein Schweizer Internat gesteckt, damit sie auf andere Gedanken und bessere Männer kommt. Was dank dem schlappen Tänzer auch der Fall war. Trotzdem hat sie ihre Jugendliebe nie vergessen und auch nicht aus den Augen verloren. Ginas Augen blitzen, wenn sie von Pablo erzählt. D a s war ein Mann!! Ich halte mich bei dem Thema wohlweislich zurück. Man hat leicht von Männern schwärmen, die man nie richtig kennenlernen durfte oder musste ...

Auch bei Helga ist nicht alles Gold, was glänzt. Sie war lange Jahre verheiratet und hat ihren später schwer krebskranken Mann hingebungsvoll gepflegt – was ihn allerdings nicht daran gehindert hat, sich wenige Monate vor seinem Tod während eines Sanatoriumsaufenthaltes einen Kurschatten anzulachen und zu Hause auszuziehen. Für die Öko-Frau der absolute Hammer. Sie hatte zwar die neue Adresse, durfte aber nicht bei ihm anrufen. Sogar auf der Beerdigung war sie unerwünscht!

Ein paar Jahre nach diesem traumatischen Ereignis hat sie sich mit einem Jugendfreund zusammengetan, was sie inzwischen für einen Fehler hält. Der Gute bringt es einfach nicht mehr – wenn er es überhaupt je gebracht hat. »Man kann machen, was man will. Nach fünf, sechs Jahren ist der Ofen aus«, erklärte sie im Brustton der Überzeugung. »Ein über den anderen Tag rufe ich an, um zu fragen, ob Post für mich da ist. Ich hatte ihm gesagt, er soll sie mir nachsenden. Wenn ich frage, ob er es gemacht hat, reagiert er sofort genervt. Ich soll nicht ständig hinter ihm hertelefonieren, er weiß schon, was er zu tun hat. Aber ich kenne ihn lange genug, um zu wissen, dass alles liegen bleibt, wenn ich ihn nicht erinnere!« Sobald sie von ihm spricht, sieht sie gekränkt aus. Wie jemand, der nur das Beste will und dabei auf Unverständnis stößt.

Irgendwann traf ich sie im Treppenhaus mit einem Psycho-Ratgeber unter dem Arm: »Miteinander reden lernen«.

»Wollen Sie da auch mal reinsehen?«, fragte sie mich. »Da steht, dass man sich jeden Tag wenigstens 25 Minuten Zeit nehmen soll, um mit seinem Partner zu reden.« Ihr desillusionierter Blick sagte mir sofort, dass die 25 Minuten vergeudet waren.

»Danke, bei mir gibt es zurzeit niemanden, mit dem ich reden könnte oder sollte«, antwortete ich wahrheitsgemäß.

»Dachte ich mir schon. Ist wahrscheinlich sowieso das Beste. Bin am Überlegen, ob ich nach der Kur nicht noch 'ne Woche zu meiner Freundin in Oldenburg fahre. Hab keinen Bock auf dieses griesgrämige Gesicht zu Hause.«

Ich könnte auch meinen Beitrag zur kollektiven Schelte leisten, aber ich habe keine Lust, die ollen Kamellen auszupacken. Eigentlich würde ich mir wünschen, dass es über Männer zur Abwechslung etwas Positives zu berichten gäbe ...

Und siehe da, manchmal gehen Wünsche in Erfüllung. Mit Beginn der zweiten Leidenswoche wurde der vierte Platz an unserem Tisch besetzt – von einem Mann! Ich war die Erste, die ihn beim Mittagessen zu Gesicht bekam. Er nibbelte schon an seinem Vorspeisensalat, als ich meinen Platz ansteuerte. Als ich mich setzte, blickte er nur kurz auf und meinte: »Hilgers ist mein Name. Die nächsten vier Tage müssen Sie mich ertragen!«

Ich taxierte ihn kurz und antwortete: »Schätze, dass mir schon Schlimmeres passiert ist.« Er quittierte die Reaktion mit einem Schmunzeln und das war's vorerst. Während wir beide unser Grünzeug mümmelten, musterte ich ihn verstohlen. Eine Schönheit war er weiß Gott nicht: Dünne, strähnige Haare, schon etwas geäderte Altherrenaugen und leicht hängende Mundwinkel. Letztere ließen ihn ein bisschen mürrisch aussehen. Außerdem ähnelte er durch die große Nase und das fliehende Kinn einer Uli-Stein-Karikatur. Trotzdem hatte er eine sympathische Ausstrahlung – vielleicht der freundliche, etwas spitzbübische Blick? –, und zwar nicht nur auf mich, wie sich schnell herausstellte.

Sowohl die kapverdische Schönheit als auch die dürre Dame aus dem hohen Norden zeigten sich äußerst angetan von der geschlechtlichen Aufmischung des Tisches, und Holger Hilgers avancierte fast unverzüglich zum Hahn im Korbe. Entgegen dem ersten Eindruck erwies er sich als äußerst gesprächig – kein Wunder, er ist 'ne Kölsche Jong – und tat sein Bestes, um die Atmosphäre am Tisch aufzulockern. Klar, auch bei ihm erfuhr man an erster Stelle, wie viele und welche Krankheiten er hat; das hat das Klinikumfeld so an sich. Aber es gab noch andere Themen. Jede Menge Hobbys hat er, jawohl. So fährt er ungeachtet seiner Herzprobleme und zahlreichen Knochenbrüche immer noch Ski. Auch mit dem Fahrrad ist er viel unterwegs, und sein Hund, ein Labrador, hält ihn auch auf Trab. Ja, das Leben ist schön und hat selbst dann noch was zu bieten, wenn man schon das eine oder andere Zipperlein hat.

Ach ja, leidenschaftlicher Gärtner ist er auch, da kann er sich voll reinknien. Er ist sowieso ein Arbeitstier, seine Kinder müssen ihn immer bremsen, damit er sich nicht übernimmt. »Mach nicht so viel, sagen sie immer. Wir wollen dich noch eine Weile behalten.« Ein nachdenklicher Blick. »Die Jungs haben ja recht. Es ging mir vor Jahren so schlecht, dass die Ärzte mich schon unter der Erde gesehen haben. – Aber man darf nie aufgeben, und heute fühle ich mich zwar nicht gerade topfit, aber ich kann mich auch nicht beklagen.«

Die Feststellung war begleitet von einem zuversichtlichen Lächeln und brachte ihm unsere unverhohlene Bewunderung ein. Ein Mann, den das Leben schon schwer gebeutelt hat, der sich aber seinen Optimismus bewahrt hat. Toll!

Bereits einen Tag nach Holgers Einstand wurde an unserem Tisch auffallend viel gelacht. Frau Becker wirkte plötzlich um Jahre jünger, den Psycho-Ratgeber schien sie eingemottet zu haben. Auch Gina blühte auf, soweit ihr therapeutisches Martyrium dies zuließ. Sie kühlte immer noch ihre Schwellungen am Hals und eine unappetitliche Begegnung mit Blutegeln hatte hässliche Krusten auf ihrem rechten Arm hinterlassen. Trotzdem war sie besser drauf. Es wäre Blödsinn gewesen sich etwas vorzumachen: Der Mann vom Rhein tat uns einfach gut. Zudem verhielt er sich diplomatisch äußerst geschickt, indem er seine Gunst gleichmäßig verteilte. Mal sprach er die eine an, mal die andere. Jeder schenkte er irgendwann ein Lächeln oder ein Augenzwinkern. Dadurch kam kein Konkurrenzdenken auf.

Wir revanchierten uns auf unsere Weise, indem wir ihn kollektiv hämelten. »Was machen wir bloß ohne Sie, wenn Sie so früh schon wieder abreisen?«, fragte ich ihn beim Abendessen. »Sie werden uns fehlen!« Mit Komplimenten bei Männern, die mir nichts bedeuten, war ich schon immer großzügig.

»Stimmt, mit Ihnen hat man wenigstens was zu lachen«, bekräftigte Gina und strahlte ausnahmsweise von einem Ohr bis zum anderen.

Er lächelte geschmeichelt. »Nett, dass Sie das sagen. Ich finde es auch schade, dass ich nur so kurze Zeit da bin. Es macht wirklich Spaß mit Ihnen.«

»Aber so was wie wir werden Sie so schnell auch nicht mehr kriegen!«, bemerkte die Öko-Frau selbstbewusst und ich musste lachen. Wahrscheinlich war er heilfroh, uns wieder loszuwerden. Aber ein paar warme Worte, ob ernst gemeint oder nicht, machen das Miteinander um vieles leichter.

Doch ausgerechnet heute, an seinem letzten Tag, läuft das Gespräch aus dem Ruder. Zu allem Überfluss ist es auch noch meine Schuld, denn ich hatte das Geplänkel übertrieben mit einer lockeren Bemerkung, dass so jemand wie Holger Hilgers der ideale Kurschatten wäre. Ich hielt den Hinweis in der Vierer-Runde für unverfänglich, zumal wir alle wussten, dass er eine Frau hat und nach eigenen Angaben eine gute Ehe führt.

Doch Irren ist menschlich. Der Uli-Stein-Mann wedelt das Kompliment zwar verschämt vom Tisch (»Aber nicht doch!«), macht aber aus seiner Gesinnung kein Hehl. »Ein Kurschatten ist therapeutisch wertvoll«, erklärt er bedeutungsvoll. »Ich liebe meine Frau über alles, aber ein Kurschatten, da darf man schon mal schwach werden. Das ist sozusagen Medizin.« Diesmal zwinkert er Helga verschwörerisch an, die aber nur einen versteinerten Blick für ihn übrig hat. Oh Mann, welch ein Griff ins Klo! Gina starrt schweigend auf ihren Teller und ich würde am liebsten Rauchzeichen geben, um Holger zu warnen. Aber woher soll er wissen, in welches Fettnäpfchen er getreten ist?

Jetzt verdreht er auch noch schmachtend die Augen: »Ein paar romantische Gefühle, ein bisschen was fürs Herz – das tut doch jedem gut!« Er schenkt Frau Becker ein Lächeln, das einen Hochofen zum Schmelzen bringen würde, doch die Öko-Frau mustert ihn nur wie eine Kakerlake im Brottopf.

»Meinen Sie das ernst?«, fragt sie schließlich.

Holger merkt immer noch nicht, was er angerichtet hat. »Aber natürlich Sehen Sie, der typische Kurgast leidet immer – körperlich, seelisch oder sogar beides –, da ist es doch schön, wenn man jemanden findet, dem man sein Herz ausschütten kann und der einen auf die eine oder andere Art ein bisschen tröstet!«

»So, so – auf die eine oder andere Art ein bisschen tröstet!«, schnappt Helga. »Und wie verkaufen Sie das dann zu Hause?«

Einen Augenblick verschlägt es dem Kölschen Jong die Sprache, dann dämmert ihm, in welche Richtung der Hase läuft. »Meine Frau kennt mich. Die weiß, wie sie was einzuordnen hat.«

»Was soll das heißen?«, blafft die Öko-Frau.

»Sie weiß, dass sie sich auf mich verlassen kann!«

»Worauf verlassen kann? Dass Sie, wenn Sie sie schon betrügen, einer anderen Frau kein Kind machen oder wie?«

Holger fällt nichts mehr ein. So hat er sich den letzten Abend mit den drei netten Damen nicht vorgestellt!

»Wie gehen Sie denn mit dem Kurschatten um, wenn Sie abreisen? Erzählen Sie der Dame irgendwelche Märchen oder geben Sie eine falsche Adresse an, damit Sie keinen Ärger kriegen?« Helga erinnert mich an einen Wadenbeißer, wild entschlossen, nicht loszulassen.

Der Rheinländer blickt peinlich berührt um sich, diese Vorstellung müsste jetzt wirklich nicht sein. Na ja, vom Nebentisch hat er nicht viel zu befürchten. Der Mayr-geschädigte Schwabe ist taub wie eine Nuss und seine Tischnachbarn sehen nicht so aus, als könnten sie mit dem Thema Fremdgehen noch viel anfangen.

Schließlich geht er in die Offensive: »Jetzt werden Sie mal nicht gleich so giftig! So wie Sie aussehen, würde Ihnen ein Kurschatten auch ganz gut tun!«

Auch das noch! Ich werde fast ohnmächtig, aber der befürchtete Gegenschlag bleibt aus. Jetzt ist Helga diejenige, der die Spucke wegbleibt.

»Sie sind doch der Prototyp einer frustrierten Frau!«, fasst er nach. »Ich weiß nicht, ob Sie verheiratet sind, aber wenn, dann scheinen Sie nicht viel Spaß an Ihrem Mann zu haben!«

Bevor alles zu spät ist und der Mann vom Rhein eine Gabel zwischen den Rippen hat, schalte ich mich ein. »Irgendwo hat er schon Recht, Frau Becker«, versuche ich zu beschwichtigen. »Man sieht Ihnen an, dass die Männer es mit Ihnen nicht immer gut gemeint haben. Das geben Sie ja selber zu. Und weil dies so ist und Herr Hilgers heute seinen Ausstand gibt,« – jetzt bin ich diejenige, die sich zu einem verschwörerischen Augenzwinkern herablässt – »lädt er Sie nachher noch zu einem Dämmerschoppen ein.«

Ein echter Volltreffer: Wären die beiden Streithähne noch am Kauen, würde ihnen das Essen aus dem Gesicht fallen. Aber vielleicht sollte man die Situation entschärfen, bevor sie zur Besinnung kommen und gemeinsam auf mich eindreschen.

»Und damit nichts passiert, was nicht passieren darf, kommen Gina und ich mit«, füge ich deshalb grinsend hinzu.

Die End-Lösung

November 2005

Bei Karin herrscht wieder Krisenstimmung. Auch bei ihr gibt es kein Mittelmaß: Entweder sie ist gut drauf oder es kommt dicke. Seit gut vier Wochen ist bei ihr Polen offen.

Ein Grund dafür ist ihr Sohn. Er hat inzwischen nicht nur die Liebe, sondern auch die Segnungen des Kapitalismus entdeckt. Auf gut Deutsch, er hat jeden Tag neue Wünsche: Wann kriegt er endlich einen gescheiten Schreibtisch, auf dem man auch den Überblick behält? Und alle Kumpels haben schon längst einen Laptop, nur er nicht! Auch ein paar ordentliche Klamotten wären inzwischen angesagt, in diesem Teenie-Fummel wird man als Student doch nirgendwo ernst genommen!

Seine Mutter versucht die ständig wachsenden Ansprüche zu steuern, teils mit Entgegenkommen, teils mit kategorischer Ablehnung – eine echte Gratwanderung, denn Gregor ist ein Mamakind, verhätschelt bis zum Gehtnichtmehr. Aber wenigstens sieht er im Ernstfall ein, dass Karin als Alleinerziehende mit ihren Kröten nicht alle Wünsche erfüllen kann.

Der zweite Grund für ihr strapaziertes Nervenkostüm ist ihr Ex. Genauer gesagt, ihr Ex-Ex, also nicht der, den sie kurzzeitig von mir übernommen hatte. Anscheinend hat er wieder eine depressive Phase und quatscht von morgens bis abends ihren Anrufbeantworter voll. Ich hätte nie geglaubt, wie ätzend er sein kann, hätte ich es nicht bei einem Besuch selbst erlebt. Sie hatte aus Versehen einen seiner Anrufe entgegengenommen – sie dachte, ihr Sohn wäre am Apparat – und ihn wie üblich abgewürgt. Daraufhin klingelte im Zehn-Minuten-Takt das Telefon und jedes Mal gab es einen brabbelnden, offensichtlich alkoholisierten Spruch der anderen Art: »Mensch, Karin! Ick wees nich, wat mit dir los is. Ehrlich: Ick finde es total beschissen, dat de zu Hause bist und jehst nich ans Telefon. Ick an dener Stelle würde mir schämen denem Besuch jejenüber. Det ist echt nich die feine Tour.« Und so weiter.

Nach diesem denkwürdigen Abend stellte ich Überlegungen an, was man tun könnte, um diese grässliche Gestalt ein für alle Mal loszuwerden. Die zündende Idee ließ nicht lange auf sich warten, denn was lehrt uns das Leben? Männer verflüchtigen sich am schnellsten dann, wenn bereits eine neue Frau auf der Matte steht. Anders ausgedrückt: Haben sie das neue Huhn schon im Bett, trennen sie sich von dem alten umso leichter. Solch ein Wissen kann man sich ja zunutze machen und ein bisschen nachhelfen.

Als ich mit Karin darüber sprach, war sie zunächst alles andere als begeistert. »Du glaubst doch nicht im Ernst, dass so einer wie der noch eine kriegt!«, meinte sie und schüttelte nur den Kopf. »Und wenn ich versuchen würde nachzuhelfen, hätte ich bis an mein Lebensende ein schlechtes Gewissen. Das kann man doch keiner Frau antun!«

Das Argument ließ mich kalt. »Jedem ist das Hemd näher als die Hose«, sagte ich ungerührt. »Willst du dich auf immer und ewig schikanieren lassen, nur damit andere Frauen verschont bleiben? – Auf so viel Edelmut kann ich verzichten.«

»Ich käme jedenfalls nie auf die Idee, eine Frau auf ihn anzusetzen, die ich kenne. Das würde ich nicht über mich bringen.«

»Man muss das Ganze subtiler handhaben. Warum gibst du nicht einfach eine Anzeige für ihn auf? Dann bist du aus dem Schneider. Wenn eine von tausend beschränkten Frauen im Saarland auf ihn reinfällt, kann dir das doch egal sein! Ich habe das auch schon gemacht, als ich einen Mann loswerden wollte. Mit vollem Erfolg. Na gut, er war nicht gerade der wählerische Typ!«

Karin blickte mich entsetzt an. »Mein Gott, Hannah, du schreckst ja vor gar nichts zurück!«

»Pah! Bei Männern wie deinem Robert darf man keine Skrupel haben. Pass auf: Wir setzen uns zusammen und arbeiten eine Anzeige aus. Bei dem Weiberüberschuss findet sich unter Garantie eine, die sich an seinen Macken nicht stört. Außerdem gibt es jede Menge Frauen mit Helfersyndrom, die nur auf eine Gelegenheit warten, sich entfalten zu können. Glaub mir, wir schaffen das. Ich beteilige mich auch an den Unkosten.«

Ich konnte Karin ansehen, dass sie ihre Zweifel hatte. Aber letzten Endes ist sie doch für jede Schandtat zu haben. Also machten wir uns ein paar Tage später gemeinsam an die Arbeit. Nachdem ich Robert vom Sehen her kannte, hatte ich mir bereits ein paar Notizen gemacht über diverse äußere Merkmale, die für nichts garantieren, aber beim weiblichen Geschlecht immer gut ankommen: groß, stattlich, volles Haar etc. Vermutlich hatte Jack the Ripper ähnliche Eigenschaften.

»Was hat er denn sonst so zu bieten?«, fragte ich Karin. »Du warst ja lange genug mit ihm zusammen, um zu wissen, womit man ihn vermarkten kann.«

Karins Blick verdüsterte sich: »Außer Neurosen hat er meiner Meinung nach gar nichts zu bieten ...«

»Na, komm schon! Du warst doch viele Jahre mit ihm zusammen. Also wird er auch die eine oder andere gute Eigenschaft haben.«

Karin lehnte sich zurück und verschränkte die Hände hinter dem Kopf: »Also gut ... Robert ist ... fürsorglich, ja, so kann man es ausdrücken. Er hat sich seinerzeit um Gregor rührend gekümmert. War immer für ihn da, was ja nicht selbstverständlich ist, wenn es nicht der eigene Sohn ist. Er ist auch großzügig, was Geschenke oder Einladungen angeht. Wenn er sich richtig in eine Frau verkuckt, ist ihm nichts zu viel. Er kann sich mächtig ins Zeug legen, sogar einen auf Charmeur machen.«

»Das ist doch schon was«, murmelte ich, während ich mir Stichworte notierte. »Ist er kulturell interessiert? Gerade bei anspruchsvolleren Frauen kann man damit Eindruck schinden.«

»Weniger, würde ich sagen. Aber er tanzt ganz gut – und Fahrrad fahren kann er auch.«

Ich kritzelte weiter: tanzbegeistert, sportlich. »Lohnt es sich, sein Sternzeichen zu erwähnen?«

»Besser nicht. Schützen sind bekannt für Labilität und Alkoholismus.«

»Sachwerte? – Eigentumswohnung, Haus?«

»Fehlanzeige.«

»Na gut, was wir haben, müsste reichen. Zur Not kann man ein bisschen hochstapeln, der Zweck heiligt die Mittel. – Jetzt brauchen wir noch die Zielgruppe: Auf welchen Typ Frau steht er?«

Karin blickte mich mit großen Augen an, dann lachte sie: »Na, Frauen wie mich natürlich!«

Ich musterte sie. Rein äußerlich hat sie bemerkenswerte Ähnlichkeit mit Thekla Carola Wied, wirkt aber deutlich jünger. Sie gehört zu der Sorte Frauen, die auch nach der Menopause noch bei Pimkie kaufen können, ohne in dem erstandenen Fummel lächerlich zu wirken. Ich notierte weiter: schlank, brünett, jugendliche Ausstrahlung, gesellig, unternehmungslustig, optimistisch – – Hm, eigentlich Blödsinn. Man sollte die Anzeige nicht überfrachten. Das macht die Sache nur teuer und filtert viele Frauen von vorneherein aus, was in seinem Fall gar nicht so gut ist. Reicht ja, wenn sie das Weite suchen, nachdem sie ihn kennengelernt haben.

Wir jonglierten eine Weile hin und her. Nach zwei Tassen Kaffee war es vollbracht:

Mann im besten Alter (185/87) mittelblond, schlank, sportlich, vielseitig interessiert, offen für einen Neuanfang, sucht nette, unternehmungslustige Sie zum Verwöhnen. Gehen Sie gerne aus, tanzen Sie gerne? Dann sollten wir uns unbedingt kennenlernen! Chiffre ...

Um Karin schlaflose Nächte zu ersparen, übernahm ich die Verantwortung und gab die Anzeige auf. Trotzdem war die Aktion ihrer Bettruhe überhaupt nicht zuträglich. Kaum war der Text in der Donnerstag-Ausgabe abgedruckt, hagelte es E-Mails von ihr. Ob das denn wirklich so eine gute Idee war? Was tun, wenn jetzt der Telefonterror erst richtig anfängt? Eigentlich ist das ja ein übler Scherz, den man sich da mit anderen erlaubt. Und so weiter.

Manchmal ist Karin eine komische Nudel. Da hat sie einen Typ am Hals, der ihr die besten Jahre geklaut und sie zum Dauergast bei den unterschiedlichsten Ärzten gemacht hat, und was passiert, wenn sie ihn endgültig loswerden will? Auf einmal schlägt ihr Gewissen! Nach vier Tagen war ich so genervt, dass ich die Mails schon gar nicht mehr aufmachen wollte. Aber dann hätte vermutlich mein Gewissen geschlagen. Also ließ ich mich weiter von ihr auf dem Laufenden halten – und siehe da, Katastrophen blieben aus, es gab auch keinen Telefonterror, im Gegenteil. Das Telefon blieb stumm, der Anrufbeantworter ebenfalls.

»Also das ist wieder typisch«, ließ Karin irgendwann vernehmen. »Vielleicht hat er durch unsere Anzeige tatsächlich jemanden kennengelernt. Dann könnte er wenigstens Danke sagen!«

»Erwarte doch so was nicht«, belehrte ich sie. »Ich hab dir doch gesagt, wenn sie das neue Huhn in der Koje haben, interessiert sie das alte nicht mehr die Bohne. So sind sie eben! Sei froh, dass du jetzt deine Ruhe hast.«

Doch Karin war nicht froh, das merkte ich. Ein paar Tage später meldete sie sich wieder, auf einmal mit den wüstesten Spekulationen, was passiert sein könnte. Auf diesem Markt gibt es doch auch viele unseriöse Gestalten! Robert wird doch nicht Opfer krimineller Aktivitäten geworden sein?!

»Mensch, Karin, jetzt mach mal halblang! Ich kenne den Markt seit über zehn Jahren. Das einzig Unseriöse, was sich da tummelt, sind die Partnervermittlungsagenturen. Und selbst dein neurotischer Ex ist nicht so blöd, dass er darauf reinfallen würde.«

»Was weißt denn du«, jammerte sie. »Da gibt es doch sicher noch andere, die nicht ganz sauber sind. Denk doch mal an die ganzen Heiratsschwindler! Es könnte doch auch Frauen geben, die mit dieser Masche arbeiten und nur absahnen wollen. Vielleicht noch mit irgendwelchen halbseidenen Kerlen im Hintergrund!«

»Wenn ich dich richtig verstanden habe, gibt es bei Robert nicht viel abzusahnen. Also mach dir keine Sorgen. Außerdem leben wir hier nicht in St. Pauli!«

Ich ließ sie noch eine Weile weiter quengeln, dann würgte ich unter einem Vorwand das Gespräch ab. Hätte ich nur vorher gewusst, was für eine blühende Phantasie sie entwickeln würde! Hoffentlich wähnt sie ihn nicht schon erschlagen auf dem Teppichboden seiner Zwei-Zimmer-Mietwohnung, beraubt um 50 Euro und einen Zahnstocher!

Ein paar Tage war Funkstille, dann rief sie wieder an. Es war ein Samstagvormittag, und ich hatte gerade die üblichen Wochenendeinkäufe hinter mir. »Hier Binder. Kannst du nachher vorbeikommen?« Ihre Stimme war genauso ton- wie kompromisslos. Mir schwante Böses. Wenn nun doch etwas passiert war ...?

Als ich mich eine Stunde später mit einem flauen Gefühl im Magen auf ihre Wohnzimmer-Couch plumpsen ließ, zeigte sie nur auf einen Bogen Papier, der auf dem Tisch lag: »Lies mal!«

Ich nahm mir das Blatt zur Brust:

»Hallo Karin, geliebte Kratzbürste,

du wirst dich sicher gewundert haben, dass ich mich so lange nicht gemeldet habe, aber ich war sozusagen beschäftigt. Stell dir vor, Gregor, der Schlingel, hat eine Kontaktanzeige für mich aufgegeben! Wollte mir wohl was Gutes tun, der Junge. Er ist – im Gegensatz zu dir – doch eine treue Seele! Zuerst wollte ich die Briefe alle wegwerfen, aber dann habe ich mich ihm zuliebe (wenn er sich schon die Mühe macht und sein Geld dafür ausgibt) doch mit einigen der sogenannten Damen getroffen.

Was soll ich dir sagen? Ich muss dem Jungen richtig dankbar sein, denn ich bin jetzt um einiges schlauer. Du kannst dir nicht vorstellen, welchen Frauen du da begegnest! Mit den meisten möchte man noch nicht einmal auf der Straße gesehen werden, aber das ist nicht das Schlimmste. Die haben Ansprüche, da schlackern dir die Ohren. Eine von den Tussis schlug für ein Treffen gleich den Luxusschuppen in der Fröschengasse vor! Ist das nicht unverschämt? Ich weiß wirklich nicht, was die sich einbilden. Dann fragen sie immer sofort nach dem Job, und wenn man erzählt, dass man Frührentner ist und in Miete wohnt, ist man abgeschrieben. Es war wirklich das Letzte!

Aber wie heißt es so schön: Man soll immer das Positive sehen. Und das Positive ist: Jetzt weiß ich erst recht, dass du die einzig richtige Frau für mich bist. Und der Teufel soll mich holen, wenn ich es nicht schaffe, dass wir beide wieder zusammenkommen.

In Liebe, dein Robert«

Ein ganz normaler Mann

Dezember 2005

Es mag unvorstellbar erscheinen, aber man kann auch als Frau über fünfzig noch Männer kennenlernen, die nicht aus der Zeitung oder dem Internet stammen. Meine Kosmetikerin, eine exaltierte Brünette, die die verrücktesten Ideen produziert, hat mir zu Weihnachten einen Gutschein für ein Date mit einem Frischverlassenen geschenkt. Sie hat nämlich mein erstes Buch gelesen und ist der Meinung, dass ich zur Abwechslung einen ganz normalen Mann verdient hätte. In ihrem privaten Umfeld gehen zurzeit Beziehungen noch und nöcher in die Brüche. Da fallen so viele Männer an oder ab, dass ich mich doch nicht mit diesen schwer Vermittelbaren auf dem Kontaktanzeigenmarkt herumzuschlagen brauche!

»Hartmut« stand auf dem Gutschein, plus Telefonnummer. »Ich habe ihn schon vorgewarnt, dass sich demnächst eine unbekannte Frau mit ihm in Verbindung setzen würde«, raunte mir Andrea bei meinem letzten Verschönerungstermin zu, während sie in sadistischer Manier meine Brauen zupfte »Ich habe ihm Ihr Buch geschenkt! Er weiß also, was auf ihn zukommt!« Sie kicherte.

Ich war verblüfft: »Und Sie glauben tatsächlich, er würde sich mit mir treffen wollen?«

»Warum nicht? Er hat keine Vorurteile. Außerdem ist er, seit seine Frau ihn verlassen hat, dankbar für alles, was ihn auf andere Gedanken bringt.«

Mutig, mutig. Ein Mann, der weiß, wie seziererisch eine Frau mit dem anderen Geschlecht umgeht und trotzdem bereit ist, sich auf ein Gespräch mit ihr einzulassen. Könnte interessant werden!

Allerdings bekam auch ich eine Vorwarnung: »Hartmut ist ein netter Kerl, aber zurzeit sehr unglücklich. Das merkt man sofort.«

Ein neuer Therapiefall. Na ja, von der Sorte haben wir schon mehr überstanden. Wird schon nicht so schlimm werden.

Und tatsächlich ist Hartmut keine unangenehme Erscheinung. Wir haben uns im Kulturbistro verabredet, eine gefällige Live-Musik-Kneipe in der Nähe seines neuen Domizils auf dem Rotenbühl. Als seine Frau ausgezogen ist, hat auch er sich eine andere Bleibe gesucht, wie sich im Laufe des Gesprächs herausstellt. Er hat es in dem gemeinsamen Haus nicht mehr ausgehalten. Zu viele Erinnerungen.

Auf den ersten Blick ist der Frischverlassene ein Durchschnittstyp: ein mittelgroßer, mittelschwerer Graukopf, ordentlich gekleidet, wenn auch ohne besonderen Geschmack. Auch seine Gesichtszüge sind nicht besonders markant, sieht man einmal von den fast schwarzen Augen ab, die je nach Stimmung stechend oder melancholisch blicken. Trotz seiner sechzig Jahre ist er topfit. Er treibt sichtbar viel Sport – Joggen, Tennis, Schwimmen, wie er mir erzählt. »Irgendwie muss man die Zeit ja totschlagen, wenn man nicht nur beruflich, sondern auch privat nicht mehr gebraucht wird«, ist die Begründung.

Kein Mann, der einer Frau den Kopf herumreißt, aber für sein Alter durchaus präsentabel. Das einzig Verschlissene, was ich an ihm entdecken kann, ist eine Krone im Schneidezahnbereich und seine Fingernägel. Letzteres scheint ihm bewusst zu sein, denn er bekennt sich sofort und freimütig zu seiner Unart, Nägel zu »knacken«. Aber das tut er schon seit Kindertagen und wird es auch nicht mehr lassen.

Zu Beginn des Gesprächs ist er ein bisschen fahrig und nervös, aber nach etwas Smalltalk, einer Portion Spagetti und drei Gläsern Wein hat sich das gelegt. Er lehnt sich entspannt zurück und legt den linken Unterarm lässig auf die Lehne des neben ihm stehenden Stuhls.

»Mich würde interessieren, wie ich auf andere wirke«, sagt er plötzlich. »Wie wirke ich jetzt auf dich – als Frau?«

Ich bin erstaunt. Immerhin hat er mich etwas gefragt, was in Kritik ausarten könnte. Das bin ich von Männern ganz und gar nicht gewohnt. Dankbar für die neue Erfahrung bemühe ich mich um eine aufrichtige Antwort.

»Rein äußerlich hast du dich gut gehalten. Aber du machst einen bekümmerten, niedergeschlagenen Eindruck. Das wirkt nicht besonders einladend auf eine Frau. Ich nehme aber an, die könntest du im Moment sowieso nicht gebrauchen.«

Die Auskunft macht ihn nicht gerade glücklich, aber ich scheine mit der Diagnose nicht verkehrt zu liegen. Er legt die Stirn in Falten: »Kann gut sein. Ich bin zurzeit völlig orientierungslos. Petra war für mich die absolute Traumfrau. Mit ihr wollte ich alt werden. Dann kommt nach zwanzig Ehejahren dieses Würstchen und holt sie mir weg.«

Das Würstchen ist, wie Hartmut beklagt, erst 45. Tja, wenn man eine Frau hat, die deutlich jünger ist, kann das vorkommen. Auch Männer werden bisweilen altersbedingt ausgetauscht. »Genau eine Woche nach meinem Sechzigsten ist sie ausgezogen. Kannst du dir das vorstellen?« Seine dunklen Augen durchbohren mich.

»Das klingt bitter, aber ich bin mir sicher, so was kommt nicht von einem Tag auf den anderen. Da war schon früher einiges nicht in Ordnung«, ist meine Antwort.

»Das sieht sie wohl auch so, sonst hätte sie mich nicht in einem sechzehnseitigen Brief nach Strich und Faden fertig gemacht. Und das, obwohl ich in unserer Ehe ihr alle erdenklichen Freiheiten gelassen habe. Verrückt!«

Schade, dass man wie so oft nicht die andere Version der Geschichte kennt. »Ist doch merkwürdig, dass alles zeitlich so dicht beieinander liegt: dein vorzeitiger Ruhestand, der Lover, der Auszug. Das perfekte Timing, wenn du mich fragst.«

Hartmut lacht laut und böse. Das tut er gerne. »Wahrscheinlich hatte ich plötzlich zu viel Zeit für sie! Vorher hat sie sich immer beschwert, dass ich beruflich so viel unterwegs war. Aber anscheinend kam sie damit ganz gut klar. Ich hab das Geld verdient – sie hat es mit beiden Händen ausgegeben. Shopping rund um die Uhr, ohne Rücksicht auf Verluste, obwohl der Kleiderschrank schon aus sämtlichen Nähten platzte. Ständig war sie auf dem Wellness- und Fitness-Trip, hatte Verabredungen mit irgendwelchen Freundinnen aus der Tennis-Schickeria. Ich fand das alles ziemlich ätzend, hab sie aber machen lassen. Ich wollte, dass sie glücklich ist.«

Er leert das Glas und zeigt es der Kellnerin. Zwei Minuten später steht Rioja Nummer 4 auf dem Tisch.

»Jetzt ist sie weg. Alles nur wegen diesem Arschloch. Den Kerl müsstest du mal sehen. Weiß der Teufel, was sie an ihm findet.« Er starrt auf mich, dann auf die Tischplatte. »Aber sie ist und bleibt meine Traumfrau. Ich wünsche mir so sehr, dass sie zu mir zurückkommt«, flüstert er.

Schon wieder einer von den Beschränkten. Rackert sich ab, damit seine Frau einen Christbaum aus sich machen kann. Dann kommt das Arschloch, das vermutlich mehr Spaß am Rammeln als am Arbeiten hat, und die Alte zieht mit Sack und Pack aus. Dem Verlassenen fällt nichts Besseres ein, als ihr hinterherzuschmachten.

»Was hat sie eigentlich zur Traumfrau gemacht?«, will ich von ihm wissen. Solche dreisten Fragen stelle ich gerne, weil ich es nicht leiden kann, wenn Leute mit Worthülsen um sich schmeißen. »Sie war die absolute Traumfrau«, »Er war genau mein Typ« – von solchem Gewäsch wird mir regelrecht übel. Obwohl man gerade bei Männern den Eindruck haben kann, dass sie bei ihrer Partnerin tatsächlich auf bestimmte Merkmale fixiert oder gar angewiesen sind. Bei einem Mann wie Boris Becker beispielsweise muss man sich schon fragen dürfen, ob er auch eine Hellhäutige schwängern könnte.

Hartmut blickt mich verständnislos an. Entweder hat er vergessen, weshalb seine Verflossene die Traumfrau war, oder er hält die Frage für ausgemachten Schwachsinn. Ich kriege jedenfalls keine Antwort, nur die Auskunft, dass für ihn diese Frau die zweite und letzte hätte sein sollen. Die erste – ja, da war noch eine – war nur ein Irrtum, den er bereits nach zwei Ehejahren korrigiert hat. Aber die zweite war Ms. Right und – wie sollte es anders sein? – seine frühere Sekretärin.

»Wir wussten sofort, dass wir füreinander bestimmt waren.«

Ach du lieber Himmel, ich dachte, solche Sprüche gäbe es nur in Courts-Mahler-Romanen!

»Was hättet ihr denn noch miteinander gemacht, wenn sie nicht weggelaufen wäre?«, probiere ich es auf anderem Wege.

Wieder ein fragender Blick. Drücke ich mich wirklich so schlecht aus?

»Also, wenn ich dich richtig verstanden habe, hat deine Ehe darin bestanden, dass du im Ausland Geld verdient hast, das deine Frau aus Langeweile ausgegeben hat. Das ist ja ... äh ... als Basis für eine dauerhafte Partnerschaft vielleicht .... äh ... etwas dürftig. Ich frage deshalb, was du mit ihr noch vorhattest.«

Schweigen. Dann eine hilflose Handbewegung. »Ich wollte meinen Lebensabend mit ihr verbringen. Wir hätten ... wir hätten ...« Er blickt mich an: »Ich weiß, was du meinst. Eigentlich haben wir nie was zusammen gemacht, wir hatten gar keine Zeit dazu. Aber es ist wirklich so, dass ich glücklich mit ihr war. Ich hätte auch nie eine andere Frau gewollt. Du kannst es glauben oder nicht: Ich bin monogam.«

Der Knabe lebt nicht nur in einer Scheinwelt, er lügt auch noch. Aber das ist im Moment zweitrangig. Es ist dieser Blick durch die rosarote Brille, der mir auf die Nerven geht. Oder fehlt es mir wieder an Romantik?

»Gut, sie konnte schon sehr kalt und egoistisch sein«, sagt er plötzlich. »Man sieht es auch an dem Brief, mit dem sie mich abserviert hat. Sie hat unsere ganze Ehe runtergemacht, kein gutes Haar an mir gelassen. Nach dem, was sie geschrieben hat, bin ich ein totaler Versager – langweilig, nicht eitel genug, schlecht im Bett, versoffen ...« Er winkt erneut der Kellnerin und hebt das leere Glas. Mit dem einen oder anderen hatte die Traumfrau wohl nicht ganz unrecht ...

»Nach so einem Brief gibt es kein Zurück mehr!« Gedankenverloren schiebt er einen Fingernagel zwischen die Schneidezähne und fängt an zu knacken. Ich sage nichts. Das Knacken kann ich ihm sowieso nicht abgewöhnen und Trost spenden ist nicht meine Stärke. Außerdem habe ich das Gefühl, dass es fehl am Platze wäre.

Schließlich ein tiefer Seufzer: »Trotzdem ... Wenn ich dieses Schwein in die Finger kriege, mache ich Hackfleisch aus ihm. Hätte er Petra in Ruhe gelassen, wären wir noch zusammen ...«

Fragt sich nur, wie lange. Wie sagte Andrea: Ein ganz normaler Mann? Wahrscheinlich hat sie recht. Trotzdem werde ich mir das nächste Mal einen Gutschein für eine Gesichtspackung schenken lassen. Da weiß man, was man hat, und kann sich wenigstens ein bisschen entspannen.

Die Dame vom Dorf

Silvester 2005

Schon wieder ein Jahr zu Ende, es ist nicht zu fassen. Wie sagte kürzlich eine Freundin? Mit zunehmendem Alter geht einem die Zeit aus. Scheint was dran zu sein.

Doch das soll mich heute nicht belasten. Ich freue mich auf einen netten Silvesterabend mit Christel, Karin und Margit. Keine Sause, nein. Wir brauchen alle nicht die große Party zum Jahresausklang, eher ein ruhiges Plätzchen, wo man ein bisschen klönen kann, ohne zu verhungern und zu verdursten. Deswegen haben wir uns für das Brauhaus entschieden, ein gut bürgerliches Lokal, das man an Silvester auch ohne Vorbestellung aufsuchen kann.

Schön, dass wir komplett sind, vor allem dass Margit mit von der Partie ist. Noch vor wenigen Monaten bekam man sie abends gar nicht vor die Tür. »Nach sechs Uhr fühle ich mich zu Hause am wohlsten«, pflegte sie zu sagen. Sie wohnt in Riegelsberg, sprich auf dem Lande, und hat ein inniges Verhältnis sowohl zu ihren vier Wänden als auch zu ihrem Garten und ihren zwei Katzen. Laut Christel lebt sie seit dem Tod ihres zweiten Ehemannes sehr zurückgezogen. Sie ist eine Verfechterin traditioneller Werte und Witwe aus Überzeugung. Unsere Experimente mit dem männlichen Geschlecht verfolgt sie – soweit sie etwas davon mitbekommt – mit großer Skepsis, wenn auch mit unverhohlener Neugier.

Zu meiner Überraschung hat sich die drahtige Siebzigerin schwer in Schale geschmissen. Sie trägt eine schwarze Gabardine-Hose, dazu eine schicke Glitzerbluse. Ihre Frisur, ein Silberhelm mit zartem Fliederstich, ist wie immer wind-

und wetterfest, an den Ohren prangen wie Christbaumkugeln riesige, herzförmige Klunkern. Außerdem hat sie wieder ihren unverwüstlichen Max-Factor-Lippenstift Farbton lila aufgelegt, der nicht nur einem Abendessen, sondern auch tausend Küssen standhält. Wozu eigentlich ...? Und sie ist auffallend gut drauf. Anscheinend fehlen ihr heute weder ihre Burg noch ihre Katzen. Umso besser.

Auch Christel hat einen guten Tag erwischt – im Winter keine Selbstverständlichkeit. Sie sprüht geradezu vor Witz und Charme und legt regelrechte Entertainer-Qualitäten an den Tag. Leider ist sie dann umso schussliger und man muss auf sie aufpassen wie ein Luchs, sonst vergisst sie auf dem WC nicht nur Mütze, Brille und Handschuhe, sondern auch noch ihre Unterwäsche. In dieser Hinsicht ist sie ein hoffnungsloser Fall.

Karin, ansonsten die Redseligste von uns allen, ist müde und einsilbig. Aber auch sie freut sich, hier zu sein. Silvester alleine zu Hause, das ist nichts für sie. Dann doch lieber ein Schwätzchen mit ein paar netten Frauen irgendwo, wo es ein gutes Glas Wein gibt und man nicht auf trübe Gedanken kommt.

Die Stimmung ist gut. Wir haben hier, so stellen wir zu fortgeschrittener Stunde fest, zwar schon besser gegessen, aber was soll's. Ist ja kein Edelschuppen, wo man einen Haufen Geld hinblättert und sich dann ärgern muss. Wir quatschen über alles und jeden, auch über Margit und ihren »Mut«, sich nach 18.00 Uhr in die Stadt zu wagen. Klar, es gab ein paar kleinere Pannen, aber so ist es eben, wenn man nur alle Schaltjahre öffentliche Verkehrsmittel benutzt. Natürlich ist sie schwarz gefahren, aber wer ist auch auf die bescheuerte Idee gekommen, die Fahrscheinautomaten in der Saarbahn abzuschaffen? Bekloppt!

»Ja, ja, wenn der Bauer in die Stadt kommt«, kräht Christel vergnügt und dank einer theatralischen Geste landet ihr Lippenstift zwei Meter weiter auf dem Boden. Kein Problem. Der

Mann am Nebentisch, der vor zehn Minuten schon eine Tube Handcreme für sie aufgehoben hat, hat bereits Routine.

»Ach Gott, vielen Dank, ich bin heute wieder furchtbar«, ruft sie überschwänglich und fegt bei der Gelegenheit ihren Schal von der Stuhllehne. Der Mann bückt sich erneut, ohne eine Miene zu verziehen.

»Der Bauer fällt in der Stadt jedenfalls weniger auf als du«, stichelt Margit genüsslich und hat die Lacher auf ihrer Seite.

Als Karin zwischendurch für kleine Mädchen muss, öffnet Margit ihre Handtasche und schiebt Christel einen Papierschnipsel hin. Ich recke den Hals und bin perplex: eine Kontaktanzeige.

Sportlicher, gepflegter Er (68), kein Opa-Typ, sucht eine nette, naturverbundene Sie für gemeinsame Freizeitgestaltung. Sie sollte reisefreudig und gut zu Fuß sein, die Berge und das Meer lieben und gepflegte Gastronomie zu schätzen wissen. Wer schreibt mir?

Jetzt haut es mich aber vom Hocker! Da sieht man wieder einmal, was in harmlos wirkenden Seniorinnen vorgeht.

»Was haltet ihr davon?«, zischt die zweifache Witwe vom Land. »Soll ich mich da mal melden? Die suchen zwar meist was Jüngeres, aber wer weiß ...«

Bevor Christel und ich ihr eifrig widersprechen können, kommt Karin um die Ecke und Margit lässt blitzschnell den Schnipsel verschwinden. Mit Pokerface schaut sie aus dem Fenster. Nach einiger Zeit trommelt sie mit den Fingern auf den Tisch, blickt auf die Uhr. Auf einmal: »Wo machen wir jetzt weiter?« Wir blicken uns verblüfft an. Kuck an, die Frau vom Dorf hat noch mehr vor!

Margit spitzt die Lippen: »Ich hätte jetzt Lust auf ein gutes Bier. Außerdem will ich heute noch schöne Männer sehen!« Ich glaube mich verhört zu haben, doch Karin ist bei den Worten »schöne Männer« sofort hellwach: »Ach wirklich? Na, ein Bierchen sollte noch drin sein. Ich wollte zwar vor Mitternacht nach Hause, aber es ist ja noch früh am Tage!«

Innerhalb von fünf Minuten haben wir bezahlt und Margit bläst zum Aufbruch: »Los, Kinder, wir schaun mal, was aus dem ›Fass‹ geworden ist!« Sie hat schon ihre Tasche unter dem Arm, wirft sich die Jacke über und strebt Richtung Ausgang. Karin und ich folgen ihr, leicht verdattert ob ihrer Entschlossenheit. Christel ist auf die Schnelle überfordert. Sie grapscht wahllos nach ihren Utensilien, die auf dem Tisch liegen, stopft sie teils in den Mantel, teils in den Rucksack, dann stolpert sie uns hinterher. Kaum sind wir draußen, stürzt sie zurück, weil sie ihre Handschuhe vermisst. Das Übliche.

Flotten Schrittes überquert die eiserne Witwe den St. Johanner Markt und steuert das »Fass« an, eine Kneipe, die nach dem Tod des langjährigen Pächters geraume Zeit geschlossen war. Es war die Art von Wirtshaus, wo ich weniger gern verkehre – eine Kaschemme, in erster Linie auf Flüssigkeitskonsum ausgerichtet, bevölkert von rot- und gelbgesichtigen Gestalten, deren Lebenswandel nur die Krankenkassenbeiträge in die Höhe treibt.

Das ist anscheinend immer noch so, stelle ich fest, als die Tür hinter uns zufällt. Eines aber ist anders: Neben den rot- und gelbgesichtigen Gestalten gibt es noch auffallend leicht geschürzte, farbenfrohe Mädchen am Tresen. Wir verteilen uns auf die Barhocker und geben unsere Bestellung auf: ein Bier und drei Averna. Leider gibt es hier keinen Averna, sondern nur Ramazotti, und auch dies nur mit erheblicher Verzögerung. 4 Euro soll einer kosten, was bei Margit lautstarke Empörung hervorruft: »4 Euro?! – Ich denke, wir sind hier in einer Kneipe! Oder ist das neuerdings eine Bar?« Die vollbusige Wirtin, eine Spätfünfzigerin mit dem Charme einer abgetakelten Fregatte, kuckt unangenehm berührt und eine der farbenfrohen Damen lässt ein anzügliches Grinsen vom Stapel. Jedenfalls kostet der Ramazotti nach einem Blick auf die Getränkekarte plötzlich nur noch 3,50 Euro. Der »Irrtum« bringt Karin so auf die Palme, dass sie sofort das Trinkgeld streicht.

Margit lässt die Blicke schweifen und ihr gekräuseltes Schnütchen sagt mir, dass sie sich unter schönen Männern etwas anderes vorgestellt hat. Und das, obwohl die leberzirrhoseverdächtigen Stammgäste durchaus Interesse an ihr haben. Jedenfalls starren zwei von ihnen ungeniert zu uns herüber. Der eine, ein stiernackiges Monster mit hervorquellenden Augen und Schweißperlen auf der Stirn, hat vor allem Karin im Visier, die sich dies aber gar nicht zu schätzen weiß.

»Mannomann«, murmelt sie. »Das ist ja die letzte Garnitur.«

»Bei denen stehen wir aber noch hoch im Kurs«, gebe ich leise zurück.

Margit hat bereits genug gesehen: »Genau das gleiche Publikum wie vor fünf Jahren. Nichts zum Weitererzählen.«

Da hat sie recht. Als eine der leicht bekleideten Damen mit gelangweiltem Blick vom Barhocker rutscht, weil ihr Opfer, ein alter Fettwanst mit lüsternem Grinsen, wohl nicht ergiebig genug war, denkt die Landfrau laut vor sich hin: »So ist das, wenn man mit sechzig unbedingt noch die jungen Dinger haben will, aber nichts im Sack hat!«

Karin prustet los, ich selbst würde am liebsten im Boden versinken. Christel gibt sich wie immer würdevoll: »Von welchem Sack sprichst du, meine Liebe?«

Das war's dann wohl. Kaum vorstellbar, dass dieses Etablissement noch etwas für uns hat. Außerdem sieht der Dicke, dem die Puppe weggelaufen ist, plötzlich extrem schlecht gelaunt aus. Doch das spielt keine Rolle mehr, wie sich herausstellt, denn für Margit ist schon wieder Szenenwechsel angesagt: »Lasst uns ins ›Madeleine‹ gehen. Dort gibt es wenigstens noch Männer zum Ankucken!« Mit einem Ruck schiebt sie ihr Glas von sich und steht auf. Ein Griff nach Jacke und Tasche und schon ist sie an der Tür. Ausnahmsweise sind wir fast genauso schnell draußen wie sie. Christel scheint es diesmal völlig egal zu sein, ob sie etwas vergessen hat oder nicht.

Das »Madeleine« ist nur ein paar Häuser weiter. Schon ein Blick durch die Scheiben zeigt, dass dort nicht der Bär los ist, im Gegenteil. Aber Margit scheint dies nicht zu stören. Sie öffnet schwungvoll die Tür und steuert die Bar an. Seltsames Interieur, geht es mir durch den Kopf, während ich mich auf den Hocker neben ihr gleiten lasse und mich aus meiner Jacke schäle. Hier sieht es gar nicht nach Kneipe aus. Normale Tische und Stühle sucht man vergebens, es gibt nur auffallend plüschige Sofas mit kleinen Beistelltischen, auf denen rote Lämpchen stehen. An den Wänden hängen große nostalgische Spiegel, passend zu dem schwülstigen Mobiliar. Hinter dem Tresen stehen zwei hübsche Kahlköpfe in Jeans und T-Shirt, die sich auffallend gut unterhalten und uns nur wenig Beachtung schenken.

»Hallo, Manni!«, ruft Margit strahlend und reicht eine Hand über den Tresen. Kaum zu glauben, aber für die Dame vom Dorf scheint auch dies ein vertrauter Ort zu sein!

Einer der beiden Kahlköpfe blickt zu uns rüber, stutzt einen Moment und schlägt sich schließlich an die Stirn: »Ich werd verrückt – die Margit! Mensch, wie lange warst du nicht hier, altes Mädchen?! Prima siehst du aus!« Manni kommt hinter dem Tresen hervorgeschossen, nimmt Margit in den Arm und gibt ihr einen herzlichen Kuss auf die Wange. »Dass man dich mal wieder sieht!«

Margit wirkt ganz gerührt. »Ich war in den letzten Jahren selten in der Stadt, aber ich hab oft an euch gedacht.« Sie blickt sich um. »Es ist immer noch wunderschön hier – obwohl heut nicht viel los ist.«

»Das wird noch«, versichert Manni. »An Silvester wird die Bude immer erst später voll. Wirst schon sehen.« Er grinst uns an. »Was darf ich den Damen bringen?«

Wir bleiben bei unserem Programm: ein Bier plus drei Averna. Der Kräuterlikör kommt sofort und kostet zu unserer Überraschung nur 1,70 Euro. Wahnsinn! Warum sind wir nicht gleich hierher gegangen?

Fünf Minuten später habe ich mich an das merkwürdige Ambiente gewöhnt. Ein bisschen kitschig, das Ganze, aber trotzdem gemütlich. Und vor allem sehr viel gepflegter als die Spelunke, wo wir gerade waren. Auch Karin scheint sich wohlzufühlen. Sie summt vor sich hin und genießt die ohrwurmige Musik aus den Siebzigern, die aus den Lautsprechern dringt. Marianne Rosenberg lässt grüßen. Christel nuckelt genießerisch an ihrem Averna und steckt sich eine Zigarette an.

Unsere Ankunft war anscheinend der Startschuss, denn wir sind noch keine Viertelstunde hier, da geht es zu wie im Taubenschlag. Immer wieder öffnet sich die Tür und Margits kühnste Träume werden wahr: Es kommen Männer in rauen Mengen, einer schöner als der andere. Karins Augen werden immer größer. »Das nenn ich ein Kontrastprogramm. Mensch, Margit, warum haste uns nicht gleich hierher gebracht?«

Margit antwortet nicht. Stattdessen blickt sie wohlgefällig in die Runde. Der Quartierwechsel scheint sich auch für sie gelohnt zu haben.

»Hier gibt's ja einen Wahnsinnsmännerüberschuss. Schade, dass da nichts in unserer Altersklasse dabei ist, sonst könnte man glatt auf dumme Gedanken kommen!«, frotzelt Karin etwas provozierend einen blond gelockten Jüngling mit kornblumenblauen Augen und Knopf im Ohr an, der auf dem Hocker neben ihr Platz genommen hat. Der junge Mann lächelt freundlich zurück, ohne auf die Bemerkung einzugehen. »War Richy heute Abend schon hier?«, will er stattdessen von den beiden Kahlköpfen wissen. »Nee«, ist Mannis Antwort und der Schönling sieht auf einmal sehr unglücklich aus. »Wird schon noch kommen«, fügt Manni tröstend hinzu. »Trink erst mal was, dann geht's dir gleich besser!«

»Gibt's hier nicht auch ein paar ältere Semester für unsereins?«, bohrt Karin weiter. Kommt es mir nur so vor oder sieht der eine hinter dem Tresen plötzlich leicht pikiert aus? Wahrscheinlich nervt ihn das aufdringliche Jungmädchen-Geschwätz. Warum muss die Berliner Schnauze auch immer so laut sein?

Auch Margit reicht es langsam. »Herrgott noch mal«, rempelt sie Karin unwirsch an. »Jetzt lass die Jungs doch in Ruhe, du siehst doch, dass ...« Während sie nach Worten sucht, um Karin den Mund zu stopfen, geht erneut die Tür auf und zwei weitere gut aussehende Männer treten ein. Auch sie sind leider viel zu jung, aber es ist etwas anderes, was Karin erfolgreich die Sprache verschlägt: Sie halten Händchen.

»Hey Manni«, ruft der eine von ihnen. »Zwei Bier und ne Scheibe, von der's uns warm ums Herz wird!« Glucksend wie Backfische lassen sich die beiden auf eines der Plüschsofas fallen und haben nur noch Augen füreinander.

So ist das also mit dem Männerüberschuss ... Ich werfe Karin einen verstohlenen Blick zu und sehe, wie sie die Farbe wechselt. Sie wird zuerst weiß, dann knallrot. Man sieht förmlich, wie bei ihr der Groschen fällt und sie sich am liebsten in Luft auflösen würde. »Verdammt noch mal«, zischt sie zu Margit hin. »Warum haste denn nicht gleich gesagt, wo wir hier sind! Das kann ja wohl nicht wahr sein!«

Die Frau vom Land blickt Karin mitleidig an wie ein Kind, das nichts gelernt hat: »Man muss blind sein, um nicht zu sehn, wo wir hier sind. Eines solltest du schon lange wissen: Es gibt keine wirklich schönen Männer, die sich für Frauen interessieren, schon gar nicht in unserem Alter. Und wenn doch, dann sind sie nur schön, weil es bereits eine Frau gibt, die sich um sie kümmert. Was heißt das für uns?«

»Entweder wir begnügen uns mit dem Hinsehen oder wir müssen zurück ins ›Fass‹«, ist meine spontane Antwort.

»Richtig«, nickt Margit. »Jetzt könnt ihr euch überlegen, was euch lieber ist.«

Harmonie im Wohnraum

Februar 2006

Es ist Dienstagabend, viertel vor sechs, und ich harre gespannt der Dinge, die da kommen. Ich habe nämlich ein Date mit einer Fachfrau für Feng Shui. Nein, Feng Shui ist kein chinesisches Nationalgericht, auch keine fernöstliche Kampfsportart, sondern hat etwas mit Harmonie im Wohnraum zu tun. Die ist wichtig, habe ich mir sagen lassen. Seit ich Anfang des Jahres mit einer unerfreulichen Diagnose im Krankenhaus war, werde ich von Freunden und Bekannten zugeschüttet mit Büchern, die die Selbstheilungskräfte des Körpers fördern sollen. Ich bin jetzt informiert über makrobiotische Ernährung, über Selbsthypnose und Meditation, über Leben im Einklang mit dem Mondrhythmus, über Wasseradern, energetische Blockaden und vieles andere mehr.

Zugegeben, solche Bücher verbreiten nicht gerade die Art von Gesinnung, die mich anmacht. Aber wenn man heutzutage Ärzten einen Haufen Geld in den Rachen schmeißt für Leistungen, die sowieso keine Kasse mehr bezahlt, kann man auch ein paar Euro für weniger herkömmliche Heilmethoden ausgeben, oder? Ich will nämlich mein Schlafzimmer renovieren lassen und bei der Gelegenheit meinen chronischen Schlafstörungen zumindest formal den Boden entziehen. Feng Shui gibt dazu tausend gute Ratschläge. Kann sein, dass ich im Ergebnis meinen Ruheplatz auf ein steinzeitliches Niveau abrüsten muss, aber das ist mir egal. Wenn ich hinterher weiterhin schlecht schlafe, tue ich dies wenigstens auf gesunde Art.

Ich habe mich deshalb im Internet schlau gemacht und Pia Maas angerufen, laut Homepage nicht nur »Feng-Shui-Beraterin im Netzwerk Gesünder Wohnen«, sondern auch aus Saarbrücken. Standortnähe ist immer ein Vorteil. Die Stimme am Telefon war jung und dynamisch, mit unverkennbar fränkischem Einschlag, aber durchaus vertrauenerweckend. Als ich der Dame von meinen hartnäckigen Schlafstörungen erzählte, meinte sie sogleich, dass da ein tiefer gehendes Problem dahinterstecken dürfte, an dem man möglicherweise intensiver arbeiten müsse. Warum nicht? Wenn der Leidensdruck groß genug ist, macht man bekanntlich alles.

Pia Maas ist pünktlich wie die Maurer. Als es um 18.00 Uhr klingelt, steht eine superschlanke, leicht pferdegesichtige Blondine mit Aktenkoffer vor meiner Tür. Sie ist hoch modisch gekleidet und strahlt sehr viel Selbstbewusstsein aus.

»Frau Pauly? – Maas ist mein Name. Wir haben miteinander telefoniert.«

Ihr Händedruck ist genauso fest wie ihr Blick und ihre Stimme. Kein Zweifel, die Frau weiß, was sie will.

Ich biete ihr einen Platz in der Essdiele an und frage, ob sie etwas trinken möchte.

»Danke, ein Glas Wasser wäre sehr nett.«

Während ich das spartanische Getränk richte, öffnet sie den Aktenkoffer und holt einen Schnellhefter heraus. Als Versicherungsvertreterin käme sie wahrscheinlich auch gut an.

»Sie hatten mir ja am Telefon Ihr Geburtsdatum genannt. Hier ist eine kleine Ausarbeitung für Sie.« Sie schiebt mir einladend den Schnellhefter hin und klappt ihn auf. »Ich erkläre Ihnen in groben Zügen die wesentlichen Punkte. Die Einzelheiten sollten Sie sich irgendwann in Ruhe ansehen. Sie können mich jederzeit anrufen, wenn Sie Rückfragen haben.«

Ich überfliege das erste Blatt und weiß sofort, dass ich nur Bahnhof verstehe. Jede Menge Zahlen und seltsame Grafiken sind da zu sehen. Mein Jahreselement ist Holz, die Jahres-Chi-Zahl 1, die Ming-Kwa-Zahl 8, die Persönlichkeitszahl 2, mein Antrieb 1. Es gibt Karmazahlen, -elemente, -farben, -emotionen und anderes mehr. Welcher normale Mensch kann damit etwas anfangen? Allerdings weiß ich auch sofort, dass die Ausarbeitung das Ergebnis eines Computerprogrammes ist und vermutlich keine 15 Minuten gedauert hat.

Frau Maas gibt einige Erläuterungen, die allerdings mehr zur Verwirrung als zur Erhellung beitragen. Dann macht sie mit dem zweiten Blatt weiter. »Das hier ist ein kurzes Horoskop. Nach dem chinesischen Kalender sind Sie ein Pferd«, klärt sie mich auf.

Ich lese diagonal und schnappe einzelne Sätze: »Das Pferd ist ein offener, geselliger Mensch, der für seine Mitmenschen immer ein Lächeln übrig hat ... Seine echte Herzenswärme macht es zu einem gesuchten Freund.« Sehr witzig. Wenn es so ist, habe ich noch nichts davon gemerkt. »Leider kann es Geheimnisse nur schwer für sich behalten, weil es über Neuigkeiten stets entzückt ist.« Was, ich soll ein Klatschmaul sein? »Das Pferd lässt sich schnell für neue Ideen und Projekte begeistern, seine Impulsivität führt jedoch oft in eine Sackgasse. Niedergeschlagenheit und Selbstzweifel sind die Folge.« Genau das, was ich schon immer hören wollte.

»Beziehungen« ist der Untertitel des zweiten Abschnitts. »Das Pferd wird mit Romantik erobert. Es wird leicht betört von sanften und gefühlvollen Worten.« Dass ich nicht lache! Na ja, im Abschnitt »Karriere« heißt es wenigstens, dass ich hart und selbstständig arbeiten kann und gute Führungsqualitäten habe. Das ist doch was. »Geeignete Berufe sind Politiker, Sportler, Schauspieler ...« Kopfschüttelnd blättere ich weiter. Wer immer dieses Horoskop erstellt hat, muss das falsche Universum bearbeitet haben.

Auf Seite 3 erfahre ich, was einen Chi-1-Menschen ausmacht. Zwar entdecke ich hier auf den ersten Blick mehr, womit ich mich identifizieren könnte, allerdings wenig Gutes. So bin ich verschlossen und wenig tatkräftig, bleibe oft im Sumpf düsterer Gedanken stecken, fühle mich bisweilen vom Abseitigen oder gar Perversen magisch angezogen. »Die depressive Trantüte, der Einsiedler mit arroganter, abweisender Miene, der kriminelle Außenseiter«, heißt es am Schluss. Genau das habe ich gebraucht.

Ich erfahre noch, was meine Karmazahl und meine Ming-Kwa-Zahl zu bedeuten haben – unter anderem, dass ich viel Bewegung und frische Luft brauche. Haha, wer braucht die nicht? Außerdem soll ich auf Magen und Darm achten und mir hin und wieder ein Schlammbad gönnen. Wie verlockend!

Schließlich gibt es in dem Hefter noch eine ganze Seite über zuträgliche und unzuträgliche Himmelsrichtungen.

»Die Himmelsrichtungen darf man im Wohnbereich nicht unterschätzen«, betont die Feng-Shui-Frau. »Wenn Ihr Schreibtisch im Büro die falsche Blickrichtung hat, dürfen Sie sich nicht wundern, wenn der berufliche Erfolg ausbleibt.« Norden, Süden, Osten sind für mich tödlich, erfahre ich von ihr. Bei Westen und Südwesten hingegen sind Wohlgefühl und Karriere garantiert. So ein Quatsch! Obwohl ... Seit ich in meinem Arbeitszimmer den Schreibtisch umgestellt habe, um besser Fenster putzen zu können, benutze ich ihn nicht mehr. Und mein beruflicher Aufstieg ist schon lange keiner mehr. Ist an diesem komischen Zeug doch was dran ...?

Nach einer guten Viertelstunde klappt Frau Maas den Schnellhefter entschlossen zu und beendet damit den theoretischen Teil der Lehrstunde. Dann lässt sie einen kritischen Blick durch meine Essdiele schweifen, den Raum, den meine Freundin Karin immer als Baustelle bezeichnet. Womit sie nicht ganz unrecht hat. Ein halbes Dutzend dunkle Türen, kahle Wände, an der Garderobe ein Haufen Gerümpel und ein Esstisch, der unter einem riesigen Stapel unerledigter Post zusammenzubrechen droht. Wirklich nicht besonders einladend.

»Hier fehlt es an Farbe«, diagnostiziert meine Besucherin und holt einen Farbfächer aus dem Aktenkoffer. Nach zwei Minuten steht fest, dass wenigstens zwei der vier Wände in einem freundlichen Gelb gehalten sein müssen. Außerdem fehlt ein Leitmotiv für Gastfreundschaft. »Alles an dem Raum ist abweisend«, klärt Pia mich auf. »Es müssen Akzente her, die den Besucher willkommen heißen. Ein Bild beispielsweise, dessen Motiv für Zweisamkeit steht.« Hm, Zweisamkeit ist bei mir ein heikles Thema. Wie wär's mit einem Poster von Tom und Jerry?

»Pflanzen bringen Leben in eine Wohnung«, macht sie weiter. »Ein bunter Blumenstrauß ist stets ein fröhlicher Willkommensgruß.« Andächtig lausche ich ihren Verbesserungsvorschlägen, ohne mich dazu einzulassen. Lass die Tante erst mal weg sein, dann kann ich mir immer noch Gedanken machen, wie viel Zweisamkeit und abgestandenes Blumenwasser mir guttun. Wenigstens verkneift sie sich hässliche Anspielungen auf meine nicht vorhandene Ordnungsliebe.

Auch die Diele beansprucht eine Viertelstunde, dann nähern wir uns dem eigentlichen Objekt der Begierde: meinem Schlafzimmer. Natürlich habe ich vor diesem Termin einige Notmaßnahmen ergriffen, um das größte Chaos zu beseitigen; meine Kemenate war schon immer Schlafzimmer, Umkleide und Rumpelkammer in einem. Trotz der Vorkehrungen scheint die Dame aus dem Frankenland nicht begeistert zu ein. Ihr Röntgenblick krallt sich sofort an einem kleinen unscheinbaren Kaktus auf der Fensterbank fest.

»Der Kaktus muss raus!«, erklärt sie mit Bestimmtheit.

»Bitte?« Ich glaube mich verhört zu haben.

»Der Kaktus muss raus!«, wiederholt sie mit fast hysterischem Unterton in der Stimme.

»Wieso das denn? Der ist ja nicht einmal echt. Das ist ein Scherzartikel aus Pappmaschee, den ich in einer Deko-Abteilung erstanden habe!«

»Das spielt keine Rolle. Alles, was spitz, kantig, stachlig ist, steht für negative Energie.«

Ich starre sie einen Augenblick ungläubig an, dann schnappe ich wortlos den Kaktus und trage ihn in mein verwaistes Arbeitszimmer. Da gibt es nur ein paar tote Fliegen auf dem Fensterbrett, denen kann negative Energie nicht mehr viel anhaben.

Kaum bin ich zurück, hat Pia schon einen neuen Stein des Anstoßes entdeckt: eine kugelrunde Sisallampe über dem Bett. »Die Kugelform steht für Metall und Metall tut Ihnen als Holz-Typ nicht gut. Die Lampe muss auch weg.«

»Vielleicht hat das noch so lange Zeit, bis ich eine neue habe«, buhle ich um Verständnis und sie schenkt mir ein nachsichtiges Lächeln.

»Die Anordnung der Bilder ist schlecht«, erklärt sie stirnrunzelnd und zeigt dabei auf drei aufgeblockte Kalenderblätter, die seit vielen Jahren in V-Form eine Schlafzimmerwand schmücken. »Wenn Sie eine ungerade Zahl von Bildern asymmetrisch aufhängen wollen, muss das mittlere immer am höchsten hängen. Wenn es tiefer hängt als die anderen, zieht es Sie runter.«

Kommentarlos nehme ich das mittlere Bild von der Wand und lasse es im Kleiderschrank verschwinden.

»Dass Spiegel im Schlafzimmer durch ihre Strahlung furchtbar ungesund sind, wissen Sie ja«, macht sie unbarmherzig weiter. Kritisch betrachtet sie unser beider Konterfei in dem riesigen Spiegelteil meines Schwebetürenschranks. »Vielleicht finden Sie eine Möglichkeit ihn zuzuhängen, falls Sie sich keinen neuen Schrank kaufen wollen.«

Worauf habe ich mich da bloß eingelassen! »Mir wird schon was einfallen.«

»Jetzt schauen wir uns noch kurz die Wasseradern an.« Mit konzentriertem Blick schreitet die Feng-Shui-Frau das Schlafzimmer von Wand zu Wand ab. Dabei zieht sie beharrlich mit Daumen und Zeigefinger der rechten Hand am Mittelfinger der linken Hand, als wollte sie das Fingergelenk dehnen oder einen unsichtbaren Ring abstreifen. Manchmal öffnet sie hinterher die rechte Hand, als hätte sie tatsächlich einen Ring abgezogen und würde ihn fallen lassen. Schweigend sehe ich ihr zu. Das da darf ich niemandem weitererzählen, sonst lande ich in der Klapsmühle ...

»Wasseradern gibt es keine«, erklärt sie schließlich. »Aber das Bett steht zwischen Tür und Fenster trotzdem schlecht. Sie schlafen direkt im Energiedurchzug. Das ist nicht gut.«

Ich hatte so eine Vorahnung, dass ich nach diesem Abend mein Schlafzimmer nicht mehr betreten würde. Vermintes Gelände sozusagen. Aber in meinem Keller gibt es noch eine Isomatte, mit der werde ich auf den verbleibenden Quadratmetern schon irgendwie über die Runden kommen.

Auch mit der Traumstation ist die Fachfrau in knapp zwanzig Minuten durch. Sie gibt mir noch einige Farbtipps zur Neugestaltung der Wände und ein Faltblatt, das ökologische Baustoffe anpreist. Dann lässt sie sich wieder in meiner Essdiele nieder und packt ein Ringbuch aus.

»So, jetzt sehen wir uns Ihre Schlafstörungen noch ein bisschen genauer an. Sie sagten ja, dass Sie das Problem schon seit Jahrzehnten haben. Schaun wir mal, was es da so gibt.«

Sie fängt wieder an ihren linken Mittelfinger zu bearbeiten, während sie abwechselnd ins Buch und auf mich blickt.

»Sie haben ein schweres Erdbeben überlebt«, stellt sie schließlich fest und lässt wieder einen unsichtbaren Ring zu Boden fallen.

Ich habe was ...? »Ich glaube, daran würde ich mich erinnern«, entgegne ich, um Haltung bemüht. Was zum Teufel geht hier ab?

Sie lächelt milde. »Nicht in diesem Leben, aber in einem früheren. Die seelischen Blockaden, die durch traumatische Erlebnisse entstehen, können viele Leben überdauern.«

Oh mein Gott, womit habe ich das verdient? Ich werfe einen verstohlenen Blick auf das Ringbuch, um abzuschätzen, was noch alles auf mich zukommen kann. Plötzlich fällt mir ein, dass Christel mich heute Abend noch besuchen will. Welch ein Segen! Spätestens dann habe ich einen Grund, diese Hexe vor die Tür zu setzen.

Pia streift weiter unsichtbare Ringe ab. »Sie sind irgendwann nachts im Schlaf geraubt worden«, erklärt sie. »Ich spüre die Angst, die Sie damals hatten. Das holen wir auch raus.« Wieder fällt ein Ring zu Boden.

»Hatten Sie mal ein negatives Erlebnis bei einem Zahnarzt?«, fragt sie unvermittelt. Nun gut, wer hat beim Zahnarzt schon positive Erlebnisse? »Vor zwanzig Jahren hat mich einer in Grund und Boden gebohrt«, fällt mir schließlich ein. »Er hat ein halbes Dutzend schlechte Zähne auf einmal gefunden und mich erbarmungslos durch die Mangel gedreht.«

Die Hexe lächelt voller Genugtuung, während sie einen weiteren Ring fallen lässt. »Das nehmen wir alles raus. Sie glauben ja nicht, was eine Seele alles mitschleppen kann. Ich selbst musste in einem früheren Leben heißes Öl schlucken und wurde auf dem Scheiterhaufen verbrannt.« Na bitte, wusste ich es doch!

Gnadenlos blättert sie weiter und findet Dinge heraus, die ganze Aktenordner in einem Polizeipräsidium füllen könnten – Kindesmissbrauch inklusive. Ich bin von der Prozedur so überrumpelt und zugleich fasziniert, dass ich das Verhör wehrlos über mich ergehen lasse. Irgendwann klingelt es und Christel steht vor der Tür. Schweigend schält sie sich aus ihrem Mantel und lässt sich am Esstisch nieder. Mit großen Augen verfolgt sie den Rest der denkwürdigen Veranstaltung.

Die Feng-Shui-Frau beendet die Vorstellung mit einigen Kommentaren zu meinem Gesundheitszustand, der angeblich gar nicht so schlecht ist. Ihr linker Mittelfinger sagt ihr, dass ich nicht verstrahlt bin und auch nicht unter Strom stehe. Allerdings könnte ich ein paar Aminosäuren und Enzyme vertragen. Schließlich klappt sie entschlossen das Ringbuch zu. »Das reicht fürs Erste. Bei Bedarf kann man ja nacharbeiten.« Sie schließt den Aktenkoffer und steht auf. »Ich würde mich freuen, von Ihnen in ein, zwei Wochen eine Rückmeldung zu bekommen. Passen Sie gut auf, was in den nächsten Tagen passiert.«

Ein verheißungsvoller Blick, ein kräftiger Händedruck, dann ist sie verschwunden.

Ich lasse mich erschöpft auf einen Stuhl sinken und verdrehe die Augen. Christel mustert mich, als würde sie an meinem Verstand zweifeln. Was ich ihr auch nicht verübeln kann. Aber was immer sie über mich denkt, sie behält es für sich.

»Eigentlich eine ganz charmante Frau«, ist schließlich ihr Kommentar. »Schade, dass sie diesen nervösen Tick mit den Fingern hat. Vielleicht konnte sie deswegen nichts Gescheites lernen, das arme Ding. Na ja, das soll unsere Sorge nicht sein. Kuck mal, was ich dir mitgebracht habe!« Vorsichtig greift sie in ihren Rucksack und fördert etwas zu Tage, das verdächtig nach einem eingewickelten Blumenstock aussieht. Na toll! Noch jemand, der der Ansicht ist, dass es bei mir an einem fröhlichen Willkommensgruß fehlt.

»Ich fand ihn so putzig, dass ich einfach nicht widerstehen konnte!« Behutsam schält sie das Stöckchen aus dem Papier und ich traue meinen Augen nicht: Zum Vorschein kommt ein süßer kleiner, mörderisch stachliger Schwiegermuttersitz.

Meine beste Freundin strahlt mich an: »Der würde doch prima auf die schmale Fensterbank in deinem Schlafzimmer passen, findest du nicht?«

Arschloch!

März 2006

»Lass kommen! Wie war dein Date gestern Abend?«

Ich nehme einen Schluck Cabernet Sauvignon und stimme mich aufs Zuhören ein. Vor einer guten Stunde hat mich Christel im Büro angerufen und spontan einen Feierabend-Schoppen im »Kuckuck« vorgeschlagen, um den jüngsten Erlebnisbericht loszuwerden. Sie hatte gestern nämlich ein Date, das erste seit ihrem kurzem Intermezzo mit Jakob. Auch wenn Jakob kein Krokodil zum Küssen und damit für ihre Zwecke untauglich war, hatte sie die Begegnung mit ihm positiv verarbeitet und wollte sich auf dem Markt wieder etwas mehr umsehen. Wenn es nur nicht immer so lange dauern würde, bis sie zu Potte kommt! Wenn ihr eine Anzeige gefällt, muss sie erst drei Tage darüber nachdenken, ob sie antworten soll oder nicht. Wenn sie sich entschieden hat, dauert es weitere drei Tage, bis der Brief fertig ist. Bis sie ihn schließlich aufgegeben hat, sind die wenigen noch nicht pflegebedürftigen Männer schon längst unter Dach und Fach.

Aber letzte Woche hat es zur Abwechslung wieder geklappt. Ein gewisser Erich hat sich bei ihr gemeldet. Natürlich fiel auch ihm am Telefon nichts Besseres ein, als nach den üblichen Vitaldaten zu fragen, was Christel aber nichts ausgemacht hat; schließlich ist auch sie mit der Phantasielosigkeit der Männer zur Genüge vertraut. Und seit sie sich angewöhnt hat, hemmungslos zu lügen, wenn sich jemand für ihr Alter interessiert, ist es ihr sowieso schnuppe. Außerdem waren sich die beiden schnell einig, dass nur ein Vier-Augen-Gespräch die erwünschten Erkenntnisse bringen würde.

Christel blickt mich an, als hätte sie die Begegnung schon mental vernichtet. Dann: »Der größte Prolet, der mir je untergekommen ist!«

»Sag bloß! Wie das?«

»Alles an dem Kerl war primitiv. Die Klamotten, das Benehmen, das Gespräch – alles!« Sie schüttelt sich voller Ekel, als wäre es ihr unangenehm, sich erinnern zu müssen.

Ich bin erstaunt: »Fällt einem so etwas nicht schon am Telefon auf?«

»Mir ist nichts aufgefallen. Aber ich mache vielleicht den Fehler, auf Telefongespräche nicht so viel zu geben. Mir ist es lieber, die Leute sitzen mir gegenüber.«

»Na, dann leg mal los. Was war denn so proletenhaft an ihm?«

»Alles! Das fing schon bei der Kleidung an. Ich werde nie begreifen, warum Männer sich nicht vernünftig anziehen können, wenn sie sich mit einer Frau verabreden. Unsereins steht eine halbe Stunde vorm Kleiderschrank und versucht, was aus sich zu machen. Die Herren der Schöpfung kommen dann in ausgebeulten Cordhosen und einer quietschgelben Regenjacke. Fehlen nur noch die Gummistiefel. Furchtbar!«

»Sei froh, dass es noch keine 30 Grad hat. Dann erreicht die Kleiderkultur des deutschen Mannes ihren Höhepunkt.«

Meine beste Freundin wiehert vor Vergnügen. Für mich ein Zeichen, dass ihr die Begegnung mit dem Proleten keinen dauerhaften Schaden zugefügt hat.

»Wie sah denn das aus, was in der Regenjacke drin war?«, hake ich nach.

Sie zuckt mit den Schultern. »Eher unauffällig, würde ich sagen. Gut, er war kahl und hatte einen dicken Schnauzer, so ähnlich wie der Schauspieler, der mit Manfred Krug immer im ›Tatort‹ gespielt hat. Aber damit hätte ich zur Not leben können. Doch die Art, wie er sich aufgeführt hat ... unglaublich!«

»Erzähle!«

»Wir hatten uns vor dem Bistro Carré verabredet. Wir waren noch nicht richtig drin, da fing er schon an rumzustänkern. Zuerst hatte er's mit dem Personal. Mäkelte an dem Kellner rum, weil er seiner Meinung nach unmöglich angezogen war – –«

»Typisch! Wie er selbst angezogen war, fiel ihm nicht auf!«

»Hat wahrscheinlich keinen Spiegel zu Hause. Das Mädchen, das mit bedient hat, war für ihn eine fette Kuh, die besser hinter die Theke eines Metzgerladens gepasst hätte ...«

»Oh là là! Da hat sich einer gleich von seiner charmantesten Seite gezeigt.«

»Kannst du laut sagen. Und das ging die ganze Zeit so weiter! Er hat einen trockenen Weißwein bestellt, ich einen Rotwein. Als der Kellner die Getränke gebracht hat, wurde er zusammengeschissen, weil er vorher keine Flasche gezeigt hat.«

Ich ziehe die Brauen hoch: »Seit wann wird denn bei offenen Weinen eine Flasche gezeigt? Ist ja ganz was Neues.«

»Jedenfalls hat das Ekelpaket noch nicht einmal probiert, sondern den Wein sofort als ungenießbar zurückgehen lassen, nachdem er die Nase drangehalten hatte. ›Ihrer taugt auch nichts‹, hat er zu mir gesagt. ›Das rieche ich bis hierher.

Essigwasser von der Rhône.‹ Er hat sich dann einen Kaffee bestellt.«

»Meinst du nicht, das Ganze war inszeniert und sollte der Abschreckung dienen? Vielleicht warst du auf Anhieb nicht das, was er sich vorgestellt hatte. Wenn man dann alle Register zieht, um unangenehm aufzufallen, kommt ein zweites Date mit Sicherheit nicht zu Stande.«

»Den Eindruck hatte ich nicht. Ich glaub eher, das war Großtuerei. Mein Großvater hätte gesagt: ›Der will mit de große Hunde brunse und krieht 's Bäh net hoch!‹«

Diesmal habe ich was zum Wiehern – Christels Zitatensammlung aus ihrer Verwandtschaft ist einfach Spitze!

»Gab es irgendwas, woran der Zwergpinscher nichts auszusetzen hatte?«

»Mit dem Kaffee war er einverstanden. Mit meiner Figur übrigens auch. Aber das war grad alles.«

»Was hat er denn sonst so erzählt? Man trifft sich ja nicht nur, um über fremde Leute zu stänkern. – Hat er was verlauten lassen, weshalb er inseriert hat?«

»Ach Gott ja, das war auch so ein Hammer! Er ist zwei Mal geschieden, die letzte Scheidung ist zwölf Jahre her. Da sagt der doch tatsächlich, dass es ihm in den zwölf Jahren, in denen er allein gelebt hat, saugut gegangen ist. Aber er kommt jetzt in das Alter, wo man langsam das Zipperlein kriegt, und dann wäre es nicht schlecht, man hätte wieder eine Frau im Haus.«

»Ich glaub es nicht!«, krähe ich und klopfe mir auf die Schenkel. »Schon wieder ein Kandidat, der Vorkehrungen für die Pflegestufe 1 trifft. Da war er ja bei dir genau an der richtigen Adresse!«

Christel grinst: »Zumal ich älter bin als er. Wenn er das gewusst hätte, hätte er sich erst gar keinen Kaffee mehr bestellt. Ich konnte mir die Bemerkung nicht verkneifen, dass er bei einer Krankenschwester gut aufgehoben wäre.«

»Und was hat er dazu gesagt?«

»Nichts. Er hat bloß dumm gekuckt. Vielleicht hat er einfach nichts gerafft.«

Dreist und dämlich, wie gehabt. Vielleicht hätte Christel sich das Krokodil Jakob doch etwas näher ansehen sollen ...

»Hast du ihn gefragt, weshalb er am Telefon wissen wollte, ob du geschieden oder verwitwet bist?« Die Frage nach dem Familienstand ist auch so ein Hammer. Tatsächlich sind geschiedene Frauen bei Männern vielfach unerwünscht, weil sie als beziehungsunfähig eingestuft werden – oder zumindest als unbequem. Aber auf die Idee, dass so manche Witfrau am Ableben ihres Mannes beteiligt gewesen sein könnte, kommt keiner.

»Hab ich. Was glaubst du, was der sagt? ›Das mache ich immer, um rauszukriegen, ob jemand verheiratet ist.‹«

»Mein Gott, was für ein Arschloch! Das muss ja eine total ätzende Veranstaltung gewesen sein.«

»Allerdings. Weißt du, was die Krönung war?«

»Nein.«

»Zwischendurch, so nach einer halben Stunde, kuckt er auf die Uhr und sagt: ›Jetzt gehn wir noch wohin, wo es einen anständigen Wein gibt.‹ Er hat dann den Kellner kommen lassen und bezahlt – für uns beide.«

»Immerhin.«

»Das war auch nur wieder das mühsam gehobene Bein. Ich dachte, welch eine Strafe, in solcher Gesellschaft kann ich auf anständige und unanständige Weine gut verzichten. Aber das hat sich dann erledigt.«

»Wieso?«

»Als wir draußen vor der Tür standen, kuckt er plötzlich wieder auf die Uhr und sagt: ›Ach, was soll der ganze Blödsinn! Ich hab keinen Bock mehr, ich fahr jetzt nach Hause. Und Sie kriegen sicher auch noch einen Bus. Tschüs, schönen Abend noch.‹«

Die Geister, die ich rief ...

Mai 2006

Im Moment kann ich wahrlich nicht über Langeweile klagen. Nach der Begehung meiner Wohnung durch die Feng-Shui-Frau setzte bei mir ein regelrechter Aktivitätsschub ein. Bei allem, was sie an krausen Vorschlägen unterbreitet hatte, stand für mich fest: Es muss in meiner Bude etwas passieren, egal ob dadurch energetische Blockaden gelöst werden oder nicht. Ich kann dieses trostlose Gemäuer nicht mehr sehen.

Inzwischen habe ich eine frisch entschimmelte Abstellkammer und zwei gelbe Wände in der Essdiele. In der Abstellkammer fehlt zwar der Anstrich, aber der kommt noch, zusammen mit der Renovierung meines Schlafzimmers; das wird eine größere Sache. Die Diele schmücken jetzt zwei überlebensgroße künstliche Blattpflanzen sowie ein Zweisamkeitsmotiv in Form eines Bildes von zwei wassertragenden schwarzen Frauen.

Ohne mich selber loben zu wollen, muss ich sagen, dass diese Veränderungen einiges bewirkt haben. Der Eingangsbereich ist richtig freundlich geworden, der Baustellencharakter deutlich reduziert. Im Nachhinein habe ich übrigens noch eine interessante Entdeckung gemacht: Nach dem Bagua des Feng Shui – ein Neun-Felder-Schema, das eine Wohnung in verschiedene Lebensbereiche unterteilt – ist meine Abstellkammer die Partnerecke und mein Schlafzimmer der Platz für hilfreiche Freunde. Da habe ich doch unwissentlich genau die richtigen Prioritäten gesetzt! Nun gut, in meinem Bad müsste ich auch dringend etwas unternehmen, denn laut Bagua sitzt dort mein Ruhm, aber man kann nicht alles auf einmal machen.

Jedenfalls bin ich mit dem Anfang sehr zufrieden und produziere Ideen am laufenden Meter. Aber für heute ist in jeder Beziehung die Luft draußen. Es ist Freitagabend, 22.00 Uhr, ich habe zwei wenig überzeugende Fernsehkrimis hinter mir und will nur noch eines: ein Bett. Und es ist mir völlig egal, was mit diesem Bett alles nicht in Ordnung ist. Hauptsache, man kann darauf liegen.

Ich steuere gerade das Badezimmer an, als es an der Wohnungstür klingelt. Ich blicke auf die Uhr, um mich zu vergewissern: Tatsächlich – 22.00 Uhr! Da kann sich doch nur jemand einen schlechten Scherz erlauben! Ich linse durch den Spion und blicke in das vertraute Gesicht eines Nachbarn, der unter mir wohnt: ein älteres, grauhaariges Männlein polnischer Herkunft, das ich vorzugsweise in der Grünanlage antreffe, weil es für die Gärtnerarbeiten auf unserem Anwesen zuständig ist.

Was will der denn schon wieder, der stand doch vor einer Woche erst auf der Matte! Und zwar morgens um 7.00 Uhr, zu meiner großen Freude. Er ließ es so lange klingeln, bis ich entnervt aufmachte, obwohl ich noch im Schlafanzug durch die Gegend lief – was ihn übrigens überhaupt nicht störte. Es stellte sich heraus, dass er dringend meinen »Källerschlissel« brauchte, weil durch meinen Keller Heizungsrohre laufen, die im Zuge von Renovierungstätigkeiten in seiner Wohnung abgedreht werden mussten. Ich tat mein Bestes und die Angelegenheit wurde zu seiner Zufriedenheit geregelt.

Aber was ist dann jetzt schon wieder? Und warum lassen sich bestimmte Dinge offenbar nur zu absolut unchristlichen Uhrzeiten klären?

Leicht widerwillig öffne ich die Tür und blicke fragend in sein Gesicht: »Ja, bitte?«

Das Männlein – ich habe ihn Stanislaus den Kleinen getauft – hat die Hände hinter dem Rücken verschränkt und blickt mich aus dunklen Knopfaugen treuherzig an: »Guten Abend! Ich wollte fragen, ob ich bisschen bei Sie reinkommen kann?«

Um 22.00 Uhr? Der hat sie wohl nicht alle! Zum ersten Mal in meinem Leben wünsche ich mir einen Mann in meiner Wohnung, der ähnliche Eigenschaften hat wie Popeye, der Seemann, nach dem Verzehr von einer Dose Spinat. Aber den gibt es nicht, und so muss ich mich wohl oder übel auf die Macht der Argumente verlassen. »Das kommt mir ungelegen.« Wie oft habe ich insgeheim meine Höflichkeit schon verflucht?

Er schlägt die Augen zu Boden und mustert seine Hauslatschen: »Verschdähe ... Es passt sich nicht ...«

»Worum geht es denn?«

Sein Lächeln wirkt verschlagen: »Ich wollte bisschen mit Ihnen reden.«

»Und worüber?«

Er holt tief Luft, dann eine ausladende Geste: »Wissen Sie – ich habe ein Problem: Ich liebe Sie!«

Erbarmen! Wird man denn als Frau für derart grauenhafte Erlebnisse nie zu alt? Bei jedem anderen hätte ich gesagt: »Sehr witzig, und ich habe einen Elefanten im Kofferraum. Gute Nacht!« Aber ich habe es mit einem Nachbarn zu tun, und mit Nachbarn sollte man es sich nicht ohne Not verscherzen. Außerdem leben wir in einer Zeit, in der man sich im Umgang mit Ausländern vorsehen muss, sonst hat man schnell den Vorwurf der Fremdenfeindlichkeit am Bein.

Ich gebe mir also Mühe und entgegne sehr ernsthaft: »Wenn das so ist, dann haben Sie wirklich ein Problem!«

Die Botschaft kommt nicht an. »Ich weiß, Sie ordentliche Frau«, macht er weiter. »Auch wenn Nachbarn nicht immer gut mit Ihnen.« Sieh an, der übliche Tratsch und Klatsch. Ich weiß, alleinstehende Frauen sind immer suspekt. Man kann leben wie eine Nonne und trotzdem lässt keiner ein gutes Haar an einem.

»Sie mir geben Schlissel für Käller. War särr nett von Ihnen«, erklärt er eifrig. »Nicht alle hier so nett – oft komisch kucken.« Er wirft sich in die Brust. »Sie wissen ja – Leite aus Polen nix gut.«

Das Treppenhauslicht geht aus und ich drücke auf den Schalter.

»Ja, wir Deutschen sind ein merkwürdiges Volk«, mache ich einen auf verständnisvoll. Dabei verschweige ich, dass auch ich am liebsten meine Weinflaschen im Keller gezählt hätte, bevor ich ihm den Schlüssel gab, denn mein Vertrauen in polnische Mitbürger ist auch nicht sonderlich groß. Aber dazu war keine Zeit mehr.

»Aber Sie anders. Sie mir Schlissel geben, Sie gute Frau. Wissen Sie …« Er legt den Kopf schräg und breitet die Arme aus. »Sie immer alleine – kommen alleine, gehen alleine. Vielleicht Sie brauchen Hilfe?«

…? Das sind ja völlig neue Perspektiven. Habe ich den Knaben falsch eingeschätzt? Vielleicht will er sich nur selbstlos nützlich machen, weil ich einen Stein bei ihm im Brett habe.

»Ich habe gesehen, viele Sachen in Ihre Käller. Wenn Sie wollen, ich Ihnen helfen wegmachen. Sie mir nur sagen Bescheid. Ich immer für Sie da …« Zur Untermauerung dieses Versprechens drückt er meinen Unterarm und ich die Treppenhausbeleuchtung.

Was für ein nerviges Gespräch! »Ich weiß nicht, warum Sie sich für meinen Keller interessieren ...«

»Ich habe gesehen, schänne Sachen in Ihre Käller. Matratzen sehr gut, gute Qualität.«

Ach so, dahin läuft der Hase. Der alte Schacherer hat wohl ein paar Dinge entdeckt, mit denen er noch Geschäfte machen kann.

»Wenn Sie die Matratzen brauchen können, kein Problem. Ich habe mit Sicherheit keine Verwendung mehr dafür.« Warum verschwindet der Kerl nicht endlich?

»Ich Sperrmüll für Sie rufen. Ich machen Ihre Käller sauber.« Wieder grapscht er nach meinem Arm.

Vielleicht will er sich ein paar Euro dazuverdienen, indem er alleinstehenden Damen etwas zur Hand geht. Meinetwegen. Eine Entrümpelungsfirma muss man schließlich auch bezahlen.

»Hören Sie, wenn Sie unbedingt meinen Keller aufräumen wollen, mache ich Ihnen einen Vorschlag: Wenn Sie für sich selbst einmal Sperrgut abholen lassen, sagen Sie mir vorher Bescheid. Ich zeige Ihnen dann, was in meinem Keller entsorgt werden kann, und bezahle Sie dafür.« Wahrscheinlich verhökert er die Hälfte von dem Geraffel, aber das kann mir egal sein. Wieder drücke ich den Lichtschalter.

Anscheinend habe ich die richtigen Worte gefunden, denn er strahlt mich an wie ein Weihnachtsbaum. Noch bevor ich weiß, wie mir geschieht, greift er nach meiner rechten Hand und führt sie an seine Lippen. »Sie wirklich gute Frau. Ach, wissen Sie« – er holt aus zu einer hilflosen Geste – » mit meine Frau nix mehr gut. Viel Streit, keine Liebe. Aber mit Ihnen ...«

Zu Hilfe! Vor meinem geistigen Auge tut sich das klassische Bratkartoffelverhältnis auf: Stanislaus erledigt diverse Hausarbeiten für mich und darf es mir dafür hin und wieder besorgen. Die Angetraute muss sich derweil eine Etage tiefer mit dem RTL-Spätprogramm begnügen oder wiegt sich bereits in süßem Schlummer. Sind sich Männer für gar nichts zu schade?

Für heute ist meine Ausländerfreundlichkeit aufgebraucht. Als er wieder nach mir grapschen will, stoße ich ihn weg in Richtung Treppe. Hoppla, der Herr ist aber sehr wackelig auf den Beinen. Könnte es sein, dass der Witwentröster sich Mut antrinken musste für seine Avancen? Mir egal. Ich haue ein letztes Mal auf den Lichtschalter, um diesem Sack im wahrsten Sinne des Wortes heimzuleuchten.

Tatsächlich tritt er schwankend den Rückzug an, aber nicht ohne mir eine letzte Kusshand zuzuwerfen: »Ich weiß, wir beide särr glicklich – – «

»Alles klar«, schneide ich ihm das Wort ab. »Wenn Sie Sperrmüll abholen lassen, können Sie mir Bescheid geben, wir werden uns dann schon einig. Schönen Gruß noch an Ihre Frau.« Wamm! D i e Tür ist zu. Das kann doch alles nicht wahr sein!

Es ist zwar schon halb elf, aber die Story muss ich noch loswerden. Kurz entschlossen rufe ich Barbara an, die geht vor Mitternacht sowieso nicht ins Bett. Als ich ihr brühwarm die harten Fakten präsentiere, kriegt sie sich nicht mehr ein: »So ist das, meine Liebe, wenn man seine Partnerecke renoviert. Du solltest schleunigst den Maler anrufen, damit er die Abstellkammer fertig macht. Sag ihm, dass es bis jetzt nur für einen verheirateten Polen im Rentenalter gereicht hat und dass du was Besseres willst.«

Genau das werde ich morgen tun.

Der Wüstencamper

Juli 2006

Die schönste Zeit des Jahres hat begonnen und ich stecke schon wieder bis zum Hals im Sumpf. Schuld ist wie immer Christel. Warum muss sie auch in Urlaub fahren und mich meinem Schicksal überlassen? Am vergangenen Dienstag ist sie abgeschwirrt ins Land der skrupellosen Mücken, sprich nach Mecklenburg-Vorpommern, und hat mich in meinem organisierten Chaos zurückgelassen. Am Arbeitsplatz habe ich nichts als Ärger, weil mein antiquierter Computer ständig kollabiert und mich die letzten Nerven kostet. Zu Hause laufen die Vorbereitungen für die Renovierung meines Schlafzimmers. Im Ergebnis sieht es bei mir aus wie bei Hempels unterm Sofa. Nicht mal ein Versicherungsvertreter würde meine Bude freiwillig betreten.

Wen also wundert es, dass ich bereits drei Tage nach Abreise meiner besten Freundin spontan die Saarbrücker Zeitung anrief, um einen Hilferuf loszulassen:

»SOS! Meine Freundin ist in Urlaub, meine Wohnung ist ein Campingplatz, mein Privatleben ist eine Wüste. Welcher humorvolle Mittfünfziger hilft mir über die Runden?«

Als ich die Anzeige aufgegeben hatte, fiel mir ein, dass ich die Standarddaten vergessen hatte, ohne die eine Frau erfahrungsgemäß keinen Pfifferling wert ist. Egal. Reicht ja, wenn sich zehn Bekloppte melden; es müssen nicht hundert sein.

Tatsache ist: Es waren nur fünf, aber trotzdem läuft bei mir schon wieder das Gute-Laune-Programm. Neben drei Kandidaten, die ich von der letzten Aktion her kannte, und einem vierzigjährigen Mann aus Sri Lanka meldete sich ein »wüster Camper«:

Hallo, liebe Wüstengängerin,

Camping in deiner Wohnung könnte ich mir schon vorstellen, aber es gibt bestimmt andere Dinge, womit wir uns bis zur Rückkehr deiner Freundin die Zeit vertreiben könnten. Schwimmen, Wandern, Kinobesuche, lange Gespräche solltest du schon mal einplanen. Wie wäre es, wenn wir uns völlig unkonventionell zu einer Tasse Kaffee treffen würden? Ich bringe dazu auch schon gerne mein Zelt und meinen Schlafsack mit. Auch werde ich genügend Flüssigkeit mitführen, damit du in deiner Wüste nicht verdurstest. Wir werden dann sehen, wie wir die Wüste in eine blühende Landschaft verwandeln.

Damit du eine Vorstellung hast, mit wem du neue Welten entdecken sollst, hier ein paar Anhaltspunkte:

- 55 Jahre
- 170 cm
- 75 kg
- volles, aber kurzes Haar
- pensionierter Berufssoldat

Es wäre schön, wenn du einen Terminvorschlag per SMS machen würdest. Hier meine Handy-Nummer....

Bis dann, Herbert
(ein wüster Camper)

Wirklich originell, wenngleich mir der Hinweis auf den Schlafsack missfiel. Aber vielleicht bin ich verderbt und sehe Schweinereien, wo noch gar keine sind. Nach dreimaligem Durchlesen wusste ich jedenfalls, dass ich den Wüstencamper kennenlernen wollte – schließlich hatte ich auch nichts Besseres zu tun.

Leider erwies sich die Kontaktaufnahme als äußerst schwierig. Ein Anruf meinerseits unter der angegebenen Handy-Nummer wurde sofort abgewimmelt – wahrscheinlich gab es unerwünschtes Publikum –, die weitere Kommunikation lief tatsächlich über SMS. Was mich dazu zwang, Neuland zu betreten. Ich habe nämlich mit diesem Gefummel nichts am Hut, aber jetzt blieb mir nichts anderes übrig. Vier Tage lang pfriemelten wir hin und her, nie reichte es bei dem Veteranen für einen Rückruf, obwohl er ständig einen ankündigte. Das fängt ja gut an, dachte ich mir. Nichts als heiße Luft in dieser Wüste. Sollte er je in die Startlöcher kommen, ist Christel schon wieder zurück.

Am fünften Tag hatte ich von diesem Rohrkrepierer die Nase voll und schrieb eine letzte Meldung:

Liebster Herbert! Könnte es sein, dass du mich in deiner Zuschrift nur verarschen wolltest? Ich bin jedenfalls auf dem Wüstentrip bereits verendet. Schöne Grüße aus dem Jenseits, Hannah.

Antwort zwei Tage später:

Liebe Fata Morgana, es tut mir wahnsinnig leid. Natürlich wollte ich dich nicht verarschen, aber ich bin verheiratet und kann nicht so, wie ich will. Wenn du mich trotzdem noch kennen lernen willst, ich kann donnerstags und freitags um 18.00 Uhr, samstags um 20.00 Uhr. Dein Wüstling.

Ich starrte ungläubig auf das Display. Was muss ich in diesem Leben noch alles ertragen? Obwohl ... kann er nun oder kann er nicht? Das herauszufinden, könnte doch interessant sein!

Ich widerstand der Versuchung sofort zu antworten – schließlich hatte er mich auch tagelang verschimmeln lassen – und schrieb erst am übernächsten Tag zurück:

Liebster Herbert – du Pfeife! Ich habe nichts gegen verheiratete Männer, weil ich keinen Mann zum Heiraten suche. Aber warum spielst du nicht mit offenen Karten? Und was soll das Geschwalle in deinem Brief, wenn du nicht frei über deine Zeit verfügen kannst?

Antwort:

Es tut mir wahnsinnig leid (schon wieder??!!), *dass ich dir nicht gleich reinen Wein eingeschenkt habe. Wann können wir uns treffen?*

Ich ignorierte die Frage und siehe da, einen Tag später klingelte erstmals das Telefon. Es reichte sogar für ein paar Sätze und eine Verabredung am Freitagabend, 18.00 Uhr, im Schlosscafé, inklusive meiner Androhung, dass ich ihn als Blindgänger versenken würde, wenn er nicht in Erscheinung treten würde. Als ich das Gespräch beendet hatte, fiel mir auf, dass der Chaot nicht die kleinste Information über mich hatte. Theoretisch musste er damit rechnen, dass am vereinbarten Ort eine Matrone im Alter seiner Mutter auf ihn warten würde. Seltsam, dass er damit keine Probleme hatte. Oder war der Notstand so groß, dass er alles in Kauf nehmen würde ...?

Heute ist jedenfalls Freitag und ich sitze gerade im Bus Richtung Schloss. Am Morgen hatte ich noch eine weitere SMS aus dem Handy gefischt:

Ich bin so geil, ich rieche dich schon.

Sch...! Da war die Sache mit dem Schlafsack doch ernst gemeint. Nun ja, auf dem Schlossplatz wird er nicht über mich herfallen. Ich schrieb zurück:

Hört sich nach einseitigem Programm an. Gibt es noch etwas, wozu du zu gebrauchen bist?

Hinterher sah ich mir keine Textmeldungen mehr an, weil ich mir die Laune nicht verderben wollte.

Als ich an der Alten Brücke aussteige und das Schlosscafé ansteuere, merke ich, dass ich seltsamerweise gut drauf bin. Obwohl ich den geilen Berufssoldaten im Geiste schon abgehakt habe, freue ich mich auf das Date. Der Sommer zeigt sich von seiner schönsten Seite, ich fühle mich stark und unternehmungslustig. Wollen doch mal sehen, ob wir diesem Plattmacher nicht ein bisschen Feuer unter dem Hintern machen können!

Der Schlossplatz ist um diese Uhrzeit noch sehr übersichtlich und der Mittfünfziger für mich auf Anhieb zu erkennen. Und dies, obwohl er entgegen meiner Erwartung nicht aussieht wie eine Bulldogge mit Bürstenhaarschnitt. Nein, ich habe es mit einem rein optisch schrecklich normalen Mann zu tun, der zu meiner Freude trotz der tropischen Temperaturen keine kurzen Hosen und auch keine Sandalen trägt.

Bei näherer Betrachtung könnte man ihn fast als gut aussehend bezeichnen, wenn da nicht ein ungemütlicher Zug um den Mund herum wäre. Wahrscheinlich war Herbert in der Rekrutenausbildung tätig und musste viel blaffen. Außerdem fällt mir seine Augenfarbe auf: ein schlammiges Grün, mit dem er in seinem früheren Job die Tarnung sicher perfektioniert hat. Ansonsten keine besonderen Merkmale.

Der Einstieg lässt sich gut an, anscheinend sind wir beide angenehm überrascht. Ich glaube ihm ein Kompliment machen zu müssen, weil er den Mut aufgebracht hat, sich mit einer Frau zu treffen, von der er überhaupt nichts wusste. Er gibt sich cool: »Wenn es eine Flodder-Mutti gewesen wäre, hätte ich das jetzt gesehen!« Womit er recht hat. Fragt sich nur, was er dann gemacht hätte.

Aber ich bin offensichtlich keine Flodder-Mutti und dafür tätschelt er mir sogleich dankbar die Hand. Die Kommunikation verläuft weitgehend stressfrei. Herbert ist auch keineswegs am Sabbern, wie man es von seiner letzten SMS her hätte befürchten können. Eine gute Stunde reden wir über Gott und die Welt, wobei in erster Linie ich es bin, die das Gespräch vorantreibt. Der Wüstencamper ist merkwürdig sparsam mit Fragen, aber das juckt mich nicht, solange mir die Themen nicht ausgehen. Und so weiß ich irgendwann, weshalb er zum Bund wollte, wo er überall stationiert war, dass er bei der Luftwaffe war, dass ihm der Beruf Spaß gemacht hat, dass ihm der Ruhestand aber auch Spaß macht, dass er eine Zyankalitablette für den Ernstfall hat und und und …

Dann sehe ich die Zeit gekommen für weniger höfliche Fragen – die ihm überhaupt nicht peinlich sind, wie ich sehr schnell feststelle.

»Wie stellst du dir so eine Zweitbeziehung vor?«, will ich von ihm wissen. »Weiß deine Frau, dass du dich umkuckst?«

»Offiziell nicht, aber sie kann es sich wohl denken«, ist die gleichmütige Antwort. Der Kerl hat Nerven wir Drahtseile.

»Und wie sollte das deiner Meinung nach laufen? Wie willst du alles das auf die Reihe kriegen, wovon du in deinem Brief geredet hast?«

Herbert bleibt völlig unbeeindruckt: »Das ist nur eine Frage vernünftiger Organisation.«

»Davon habe ich in den letzten Tagen schon einen guten Vorgeschmack bekommen. Eines kann ich dir jetzt schon sagen: Ich habe keine Lust, die zweite Geige zu spielen. Man weiß ja, wie das läuft: Sobald die Ehefrau mit dem Säbel rasselt, wird gekuscht, und die Freundin hat das Nachsehen.«

Dazu hat der Camper nichts zu sagen.

»An Scheidung hast du noch nicht gedacht?«, bohre ich weiter.

»Nö, wozu? Kostet nur Geld und ist völlig unnötig. Meine Frau macht immerhin den Haushalt. Das gehört sich auch so. Schließlich komme ich für sie auf. Und solange es so läuft, ist es für mich billiger, als wenn ich einen Versorgungsausgleich bezahlen muss. Und dass man sich nach dreißig Ehejahren, wenn nichts mehr abgeht, eine Freundin sucht, finde ich normal.«

Oh Mann, wie oft habe das schon gehört! Allerdings noch nie so dreist.

»Und deswegen schielst du jetzt nach den Kirschen in Nachbars Garten«, stelle ich fest.

Er nickt unbekümmert: »Kann man so sagen.«

»Hat du dir schon überlegt, was du machen würdest, wenn deine Frau plötzlich die Scheidung wollte? Heute muss ja keine mehr bleiben, wenn sie nicht will.«

Diese Frage ist weniger nach seinem Geschmack. Seine schlammgrünen Augen mustern mich prüfend. Schließlich lacht er etwas gezwungen: »Dann werf ich ihr das Bügeleisen an den Kopf!«

Sehr witzig! Ich lache mit, aber ich habe schon bessere Scherze gehört.

Nach zwei Stunden und ebenso vielen Gläsern Côte de Provence fasse ich das Zwischenergebnis unseres Gesprächs zusammen: »Also: Du suchst eine Frau, mit der die Freizeitgestaltung wieder etwas abwechslungsreicher wird und mehr Spaß macht. Eine Frau, mit der du quatschen kannst, mit der du wandern kannst, mit der du ins Bett kannst – –«

Ein eifriges Nicken: »Jaaaa!« Der Schwerpunkt ist eindeutig.

»Gut ...«, sinniere ich. Schließlich hole ich tief Luft: »Dann kommen wir mal zu den Accessoires. Kannst du eine Lampe montieren?«

Er blickt mich mit großen Augen an. Eine Lampe montieren? – Ja, er glaubt schon, dass er das kann. Ein Loch in die Decke bohren, Dübel rein, die Drähte anklemmen, die Lampe festschrauben, fertig. Doch, was so ums Haus herum anfällt, damit kommt er schon klar. Na gut, Elektriker ist er nicht. Leitungen könnte er nicht verlegen. Schade.

»Kannst du streichen, tapezieren?«

Er schenkt mir einen weiteren merkwürdigen Blick. »Mit Malerarbeiten habe ich es nicht so. Obwohl Tapezieren keine große Kunst ist ...«

Ich denke, dass auch er reinen Wein verdient hat. »In meiner Anzeige hatte ich ja geschrieben, dass ich auf dem Campingplatz lebe. Seit ich am Renovieren bin, sieht es bei mir aus, als hätte eine Bombe eingeschlagen. Da wäre es schon gut, wenn einer ein bisschen mit anpacken könnte.« Ich klopfe ihm aufmunternd auf den Schenkel und blicke ihn erwartungsvoll an. Man muss den Leuten beizeiten austreiben, dass es mit dem Rammeln alleine getan ist. Die lesen was von Campingplatz und denken nur an die schnelle Nummer im Schlafsack. Ganz so läuft das auch wieder nicht. Für eine alleinstehende Frau hat das Leben nicht nur Sonnenseiten.

Während Herbert mir weiter rätselnde Blicke zuwirft, fällt mir Stanislaus der Kleine mit seinen Entrümpelungsavancen ein. Na klar, auch das sollte man ansprechen! »In meinem Keller beispielsweise hat sich über die Jahre ein Haufen Kram angesammelt, der ausgemistet werden müsste. Aber als Frau kriegt man ja alleine keine Matratze durch die Tür!«

Der Wüstling fängt an unbehaglich hin- und herzurutschen. Anscheinend ist er von meinen häuslichen Problemen nicht so sehr angetan. Bei mir hingegen macht sich langsam der zweite Rosé bemerkbar. Muss an der Hitze liegen, jedenfalls fühle ich mich angenehm betüttelt. Ich muss aufpassen, sonst gefällt mir der Typ noch, obwohl er ein Arschloch ist. Bekanntlich gibt es auch nette Arschlöcher und das sind die schlimmsten. Ein Blick auf seinen geöffneten Hemdkragen zeigt mir, dass ich es mit einer Nacktschnecke zu tun habe. Aber er hat eine sportliche Statur und eine gesunde Hautfarbe. Mit ein bisschen Phantasie ...

Als der Kellner kommt, verkneife ich mir demonstrativ den dritten Wein, sonst bin ich besoffen und garantiere für nichts. Dem Wüstencamper ist es recht, denn er kann keine Apfelschorle mehr sehen. Er bezahlt die Rechnung, was ich sehr anständig von ihm finde. Bevor wir aufbrechen, klopfe ich ihm zur Abwechslung aufmunternd auf die Schulter und biete ihm an, ihn zum Auto zu begleiten.

Guter Dinge schlendern wir – oder nur ich? – in Richtung Ludwigsplatz. Als er sein Auto unversehrt wiedergefunden hat, schließe ich ihn herzlich in die Arme und drücke ihn fest an meine nicht vorhandene Brust: »War ein netter Abend, Herby. Ich würde sagen, wir schaun mal, welche Art von Arrangement wir finden ...« Er zappelt, um sich aus dem Klammergriff zu befreien, und schiebt mich mit einem keimfreien Wangenkuss auf Abstand. »Ich ruf dich morgen an«, sind seine letzten Worte, dann hat sein Wagen ihn verschluckt.

Nun gut, das war jetzt alles andere als geil, aber eigentlich ist mir das völlig schnuppe. Ich wanke jetzt noch stadteinwärts auf eine Rostwurst und dann warten wir ab, wozu der Camper zu gebrauchen ist. Und sollte er zu nichts zu gebrauchen sein, habe ich wenigstens gelernt, wie man eine SMS schreibt.

Epilog

September 2006

Schon erstaunlich, was in einem Jahr alles passieren kann und wie schnell sich Prioritäten ändern. Vermutlich werden alle noch auf dem Markt befindlichen Männer, ob pflegebedürftig oder nicht, darüber froh sein.

Christel hat im August die Kündigung erhalten – nachdem sie gerade die letzte Lampe für ihre neue Behausung gekauft hatte. Seither liegt ihr Interesse am männlichen Geschlecht gänzlich auf Eis. Sie bewegt sich nicht mehr auf dem Kontaktanzeigen-, sondern nur noch auf dem Wohnungsmarkt. Und der gibt zurzeit leider auch nicht viel her.

Karin hat sich von der fehlgeschlagenen End-Lösung für ihren Ex nicht entmutigen lassen. Obwohl ihr Verflossener sie nach wie vor terrorisiert, hat sie den Glauben an das andere Geschlecht nicht verloren und turtelt eifrig im Internet. Sie hat zwar sehr schnell festgestellt, dass sich auch dort nur schwer Vermittelbare tummeln, findet aber diese Art der Kontaktsuche kurzweilig und amüsant. Vor allem kann sie die nicht infrage kommenden Kandidaten schneller ausmustern (»Also weeste, wie kann man nur so ein bescheuertes Foto von sich ins Netz stellen. Da haste ja gleich keinen Bock mehr ...«).

Barbara hat keine Knollenblätterpilze gesammelt, so ruchlos ist sie nun auch wieder nicht. Und da ihr Ehemann kein Simulator ist, kann sie auch keinen Entsorgungsknopf betätigen. Also läuft bei ihr alles wie gewohnt. Allerdings – so hat sie mir gegenüber durchblicken lassen – wird ihr wohl nach dem natürlichen Ableben des jetzigen Gatten keiner mehr in die Bude kommen. Eine gute Nachricht: Ihre Aktivitäten als Kräuterhexe sind so gefragt wie noch nie!

Zu Margit war das Leben in den letzten Monaten auch nicht besonders nett. Sie hat sich im Juli mit einer Netzhautablösung ins Krankenhaus gelegt und die Sache ist bis heute nicht in Ordnung. Dieser Schuss vor den Bug hat ihren Tatendrang doch etwas gedämpft. Schade. Ich habe nämlich noch einen Gutschein von ihr für eine Runde schöne Männer im »Madeleine«. Aber damit werde ich wohl noch ein bisschen warten müssen.

Irmtraud ist die Einzige von uns, der es uneingeschränkt gut geht – hoffe ich wenigstens. Ihr Staubsauger funktioniert immer noch, und da wir dieses Jahr nicht zusammen in den Ötztaler Alpen waren, bestand auch keine Gefahr, dass ihr Weltbild durch einen wirklich gut aussehenden Mann ins Wanken geraten würde.

Ich selbst habe die Aktion »nettes Äffchen« vorerst abgebrochen. Mein Schlafzimmer – obwohl inzwischen renoviert – ist immer noch ein Campingplatz und meine Gesundheit etwas angeschlagen. Deshalb kann ich nichts gebrauchen, was mein Nervenkostüm zusätzlich strapaziert. Ich werde meine Aktivitäten auf eine Feng-Shui-gerechte Wohnung konzentrieren und hoffe, dass mich dadurch wenigstens die Männer verschonen, die ich sowieso nie kennenlernen wollte ...

Inhalt

7.............	Ich brauch Tapetenwechsel
13.............	Männer in Blau
19.............	Liebe unter Senioren
25.............	Eine Puppe zum Abgewöhnen
31.............	Sternstunden
39.............	Tiroler Perlen
47.............	Das Weib sei dem Manne untertan
55.............	Ein vielversprechender Abend
63.............	Mann ohne Leidenschaften
73.............	Ein vitaler Totengräber
81.............	Im Reich der Dinkelsuppe
91.............	Die End-Lösung
99.............	Ein ganz normaler Mann
105.............	Die Dame vom Dorf
115.............	Harmonie im Wohnraum
125.............	Arschloch!
131.............	Die Geister, die ich rief ...
137.............	Der Wüstencamper
147.............	Epilog

ISBN 978-3-938889-70-1

www.geistkirch.de

1. Auflage 2008
© 2008 Autorin und Verlag
Verlag: Edition Solitär im Geistkirch-Verlag, Saarbrücken
Titelmotiv: Dipl. Grafik Designerin Sigrid Rinow
Titelgestaltung: Florian Brunner, Saarbrücken
Satz und Layout: Harald Hoos, Landau
Druck: Unionprint, Saarbrücken